KB170834

연애 실전 보고서

당신이 꼭 알아야 할 연애와 사랑
그 감정공유서

연애
실전
보고서

심이준 지음

레몬북스
lemon books

『연애 실전 보고서』는 자기계발서가 아닙니다.

사랑을 하면 자기계발이 될 수 있어도,

자기계발로서의 사랑은 있을 수 없습니다.

사랑은 그 자체로서 목적이나 성취의 대상이 될 수 없기 때문입니다.

오히려 사랑은 희생과 실패라는 단어와 가장 근접해 있습니다.

그래서 사랑은 '성취'의 대상이 아니라, '성장' 과정에 가깝습니다.

여태껏 제 모든 글이 담고 있듯

기술이 아니라 마음이 먼저이기에

'마음을 위한 기술'만 이야기하려고 합니다.

공식화된 연애 비법이 아니라,

실전에서 비롯된 누구나 알 것 같은 평범한 이야기를,

하지만 누구나 알고 있다 착각하여 놓치는 소중한 생각들을 담았습니다.

첫사랑으로 인해 울어본 기억이 있다면,
다시 떨림을 느끼게 해준 '첫 사람'에게
'너는 나'여야 한다며 나다움을 강요하지 않았으면 합니다.

그냥 있는 그대로의 모습을 존중하며
"우리 천천히 닮아가자" 하는 말로 충분했으면 합니다.

요란했던 첫사랑이 끝난 후,
다시는 느끼지 못할 줄 알았던 그 설렘,
그 자체만으로도 고맙지 않던가요?

첫사랑이 끝난 후,
그다음 사랑에서 느껴지는 감정으로 말미암아
이제는 모든 것을 안다고 착각하기 쉽습니다.
성장했으므로 성취할 수 있다고 생각하기 때문입니다.

하지만 아이가 어른이 되고,
어른이 나이 들어도 성장이 멈추지 않듯,
성장은 완료형이 아니라 진행형이므로
다시 다가온 감정에 겸손해지지 않으면 상실은 반복되게 마련입니다.
과거의 경험에 상대방을 대입하기보다

첫 사람의 모습 그 자체를 온전히 이해하려고 노력했으면 좋겠습니다.
처음 도착한 여행지에서 어린아이가 된 것처럼 조심스럽게 말입니다.

당신의 사랑이 '안녕(安寧)'했으면 좋겠습니다.
안녕은 두 가지 뜻을 가지고 있습니다.
첫째는 명사, 아무 탈 없이 편안함.
둘째는 감탄사, 편한 사이에서 서로 만나거나 헤어질 때 정답게 하는
인사말.

당신의 사랑이 안녕할 수 있기를 바라며
이 보고서를 작성했습니다.

아무 탈 없이 편안해졌으면 하는 마음으로,
누구나 알고 있지만 좀처럼 실천하지 못하는 것들과
만날 때와 헤어질 때 정답게 인사할 수 있는 과정들을
있는 그대로 담았습니다.

보고서였는데,
논문을 쓰고자 했던 무거운 마음이
그토록 원고 기한을 넘기게 했던 것 같습니다.
소소한 보고서를 잘 다듬어 세상에 발표할 수 있도록 도와주신
레몬북스의 에디터와 대표님께 감사한 마음 전합니다.
마찬가지로 사랑의 결과물로 나를 있게 하신,

나의 원인인 당신들께도 고마운 마음 전합니다.

무엇보다 사랑연구소에서
꺼내기 어려운 이야기들과 슬프고 서툴지만 아름다운 감정들을 공유
해주신 저와 같은 또 다른 '감정공유자'들께 깊은 감사함을 전합니다.

진실로, 진심으로
우리의 사랑이 다정하고 지혜로워서 안녕하길 기원하며!

사랑, 그 마음이 주는 삶을 사는 감정공유자

심이준

Contents

Chapter 1
사랑할 때 나타나는
여섯 가지 증상

사랑의 징후……

사실,
많은 사람이
'이게 사랑일까?' 하고
의문을 품습니다.

지금 여섯 가지 증상을 통해
사랑에 빠졌는지
판단해보세요.

증상 1. 떨림, 긴장, 두근거림

챗바퀴 같은 일상.
무료한 수업, 상사의 지겨운 잔소리,
지겨운 인생.
"휴-."

뭐 그저 그렇게 허무주의 혹은 거의 반연애주의자가 될 때쯤
돌연 누구 때문에 심장이 두근거린다면?
이건 가장 결정적인 사랑의 징후입니다.

교감신경을 자극하는 심장은 본능적으로 항상 두근거립니다.
그저 평소에 인식을 못할 뿐이죠.

하지만 교감신경을 자극해 평소 안 느껴지던 심장 뛰는 것을
드디어 느끼게 해주었다면
이미 사랑의 초기 단계입니다.
영어 단어 'heart'의 뜻은 심장입니다.
한편 '마음', '애정'의 뜻도 있어요.
우리가 흔히 말하는 사랑의 증표인 하트가 바로
심장의 영어 단어인 것처럼,

당신의 하트가 뛰는 것을 느꼈다는 사실은
사랑에 빠졌다는 결정적 증거이겠지요.

#증상 2. 현실이 아닌 환상

- -

그냥 남자 사람이 축구공을 향해 뛰어가면
'힘들게 왜 저래?' 하는 생각이 들지만,
내가 좋아하는 그분이 축구공을 향해 뛰어가면
속으로 말합니다.
'섹시하다!'

그냥 여자 사람이 머리카락을 손으로 배배 꼬면
"나쁜 습관 좀 고쳐라" 하고 핀잔을 주지만,
'샤방샤방'한 그녀가 머리카락을 손가락으로 꼬면
넋 놓고 쳐다보며 중얼거립니다.
"귀엽다!"

사랑에 빠지면 그 사람이 하는 모든 행동이
멋있게, 예쁘게 보입니다.
넋이 나간 것처럼 자꾸만 웃게 되지요.
심지어 싸울 때도 웃어요.

물론 지나친 환상으로 인해 알기 전부터
그 사람은 상냥하고, 착하고, 매너 있을 것이라 단정했다가

그이의 실제 모습에 깨는 경우도 종종 있어요.

하지만 영원히 환상에서 깨어나지 못한 채
그 속에 사는 사람들도 있지요.

#증상 3. 보고 싶고, 또 보고 싶다

그 사람이 당신에게 돈을 꿔 간 것도 아닌데
정말 보고 싶다면?
사랑에 빠진 거죠.

가요 중 '보고 있어도 보고 싶다'는 노랫말도,
심지어 드라마 제목으로 '보고 또 보고'까지 있었죠.
정말 사랑에 눈이 멀면 옆에 있어도,
다시 보고 또 보고 싶어집니다.

사랑에 빠진 연인들이 가장 먼저 하는 것 중 하나가
바로 사진을 지갑에 넣는 것이죠.

왜냐?
보고 싶어 미칠 때마다 잠시나마 꺼내서 보기 위해!
좋아하는 사람이 생기면 그 사람의 지갑에 내 사진을 넣어주세요.
자꾸 보면 '정'들거든요.

#증상 4. 강력한 연락 욕구

- -

감정 없는 사람에게는 전화도 귀찮고
간단한 메시지조차 번거롭습니다.
이상하게 그 사람에게는
한 시간 전화 통화도,
시시각각 오는 '톡'도 귀찮지 않다면?
혹은 계속 그 사람에게 연락 오기를
기다리며 초조해한다면?

이는, 당신은 이미 그 사람에 대한
연락 욕구가 가득한 것이고,
사랑에 빠졌다는 증거가 됩니다.

Tip
연락 잘하던 친구가 갑자기 연락이 뜸하면?
맞습니다.
100퍼센트입니다.
생겼습니다.

#증상 5. 단 하나의 소유욕

- -

사람은 욕심쟁이입니다.
하나 가지면, 둘 갖고 싶고
둘 가지면 셋 갖고 싶어지는 '다다익선'의 존재죠.
하지만 사랑에서는 그렇지 않습니다.

A가 있고 B가 있고,
C가 있고 D도 있다고
가정해봅시다.

B와 C를 주고 D까지 준다고 하더라도
필요 없다, A만 가지고 싶다 한다면?

이는 바로
사랑에 빠졌을 때 나타나는 증상입니다.

아무리 멋지더라도 그 다른 것들은
보이지 않게 되죠.

오직 하나만,

자신이 사랑하는 A만 원하게 됩니다.
눈이 멀었다는 표현은
그래서 사용하는 게 아닐까요?
다른 B, C, D는 보이지도 않으니까요.

#증상 6. 밉다, 화가 난다

- -

사랑하면 이상스레
미워하게도 되고, 화도 납니다.
이유는,
그만큼 사랑하는 사람에 대한
기대치가 크기 때문입니다.

짤막한 예를 들어볼게요.

당신이 별로 좋아하지 않는 사람이
당신의 기대와 어긋나게
전화하지 않는다고 해도,
당신은 별로 신경 쓰지 않을 것입니다.

그러나 당신이 좋아하는 사람이
일주일간 전화하지 않는다면?
미워지고 화가 납니다.
서운합니다.
그래요.
설렘, 떨림, 긴장, 분노, 증오까지…….

당신의 감정 스펙트럼을
모두 나타나게 하는 유일한 것,
그게 바로 사랑입니다.

나를 버리고 너를 택하는 일

인간은 태어날 때부터 이기적으로 설계된 것은 아닐까. 열 명이 오랜 굶주림의 상황에 처했다고 가정해보자. 끓인 라면은 단 하나뿐이며 돌아가면서 한 입씩 먹어야 된다고 치자. 만약 스스로 라면을 먹는 차례를 고를 수 있다면 첫 번째를 택할까, 마지막을 택할까?

눈치가 보여서 첫 번째는 고르지 못할지라도, 최소한 뒤쪽 순서를 택하지는 않을 것이다. 적당히 세 번째 정도를 고른 후, 첫 번째 사람과 두 번째 사람이 꽤 먹기를 바랄 것이다. 그렇게 뒷사람들이 많이 먹지 못할 것에 대한 죄책감을 함께 공유한 후, 본인은 세 번째 주인공으로서 크게 한입 먹지 않을까? 첫 번째를 택하지 않는 이유는 원흉이 되어 욕을 먹을까 봐, 열 번째를 택하지 않는 이유는 남은 라면이 거의 없어 충분히 먹지 못할까 봐서일 것이다.

생존 위협을 느끼는 상황에서 '타인에 대한 고려'가 우선적이기란 쉽지 않다. 사회적 약자를 배려하는 복지 시스템의 존재 이유조차 어떤 이는 비관적으로 말한다.

"굶주린 사람들이 폭동을 일으킬까 봐, 폭동이 일어나지 않을 수준의 복지를 제공하는 거지. 알고 보면 빈자에 대한 진정한 배려라기보다 부자에 대한 안정 보장 시스템 같은 거라고 봐."

마땅히 이에 대해 반박할 근거가 떠오르지도 않는다. 개인이 이타적으로 행동하는 이유조차 따지고 보면 타인에 대해 선행을 베풀었다는 효용 감정을 느끼는 것, 혹은 선한 사람이라고 평가받는 명예 때문일 수도 있으니까.

그런데 명예가 주어지지 않고 선행에 대한 효용이 담보되지 않더라도, '타인에 대한 고려'가 우선시되는 일이 하나 있다. 바로 짝사랑이다. 그 사람이 내 마음만 받아준다면 굶주림의 상황에서 라면을 한 입도 먹지 않고 양보할 마음을 갖게 된다. 매슬로우의 인간 욕구 5단계 이론에서조차 식욕은 '생리적 조건(physiological needs)' 중에서도 기본적인 욕구인데, 식욕을 포기하는 심리가 생기는 것이다. 이는 나보다 중요한 타인이 생겼다는 것을 의미하고, 이기적으로 설계되어 있던 인간의 본성이 전복되었음을 뜻한다.

김행숙 시인은 산문집 『사랑하기 좋은 책』에서 '사랑을 둘러싼 서술어들이 있다'라고 했다. 가령 '끌린다', '꽂힌다', '빠진다' 같은 단어는 나보다 사랑이 더 힘세다는 것을 말해준다고, 그래서 내가 '지고 있는 동안'이 사랑하고 있는 동안이라고 했다. 정말로 생각해보면 사랑의 서술어에는 내가 의지를 가지고 행하는 뜻의 '한다(do)'가 아니라, '빠진다(fall in love)'가 어울리고, '사로잡힌다'와 같은 표현들이 더 적절하다. 두 사람이 같은 순간에 같은 속도로 사랑을 시작할 수 없기에, 사랑의 뿌리를 짝사랑이라고 본다면 서술어의 어울림은 더욱 적확해진다. 자신도 모르게 빠지고, 자신도 모르게 사로잡혀버리는 감정. 자신의 이기심마저 잊은 채 '타인에 대한 고려'가 우선시되는 것이 짝사랑이니까.

나를 버리고 타인인 너를 택하는 일, 짝사랑! 나보다 힘이 센, 나를 늘 이기는 이 사랑은 우리를 선하게 만드는 근거이자 우리를 가장 인간답게 존재하도록 만드는 동력이다.

Love you

Chapter 2
고백은 왜 실패할까?

그 잔인한 현실, 고백 실패……
"나랑 사귀자!"라는 용기 있는 고백에
바로 "싫어!"라고 대답하지는 않죠.
하지만 결국은 실패로 귀결!

고백의 실패에는
항상 이유가 있게 마련입니다.

그 이유는 한 가지일 수도 있고
여러 가지일 수도 있습니다.

그 고백의 실패 유형들을 살펴보며
지난날 실패한 고백 경험들을 돌아보고,
앞으로 할 고백의 성공 가능성을
높이는 계기가 되었으면 좋겠습니다.

#실패 유형 1. 자신이 원하는 이성상이 아닐 때

혼히 사람들에게는 이상형이라는 것이 있죠.

대개 여자들에게는 키 크고, 매너 있고, 잘생겼고, 능력 있으면 하는,
남자들에게는 예쁘고, 섹시하고, 애교 많고, 착했으면 하는
인간이 아닌 갖가지 '이상형'이 있습니다.
이상형이라 쓰고, 꿈이라 읽기도 하죠.

사실, 이상형이라는 것과
막상 사귀는 사람과는 다르게 마련입니다.
이상형은 이상형일 뿐이죠.
즉, 자신이 항상 꿈꿔왔던 이상형이 아닌 사람과
사귀는 것이 보편적인 현실입니다.
그러나 이상형은 아닐지라도
이성상은 어느 정도 맞아야 사귈 수 있어요.

꼭 원빈 같지 않고,
김태희 같지는 않더라도
단순하게 나보다 키가 컸으면 좋겠다든지
스타일이 귀여웠으면 한다든지

이성상(=최소한의 조건)은 어느 정도 부합해야만
고백에서 성공할 수 있다는 것이죠.

TIPS!

그 사람의 이상형은 중요하지 않아요.
그러나 그 사람의 '이성상'은
고백의 성공과 실패 그 절반은 쥐고 있어요.
최소한의 조건에 부합하지 않는다면?
열 번 찍으면 도끼만 부러져요.

#실패 유형 2. 환경의 방해가 있을 때

가장 속 타는 경우입니다.

고백을 받는 사람은 마음에 드는데
친구들이 좋아하지 않는다거나
부모님의 반대가 있거나
혹은 선후배의 관계라 두렵거나
직장 내에서 소문이 날까 봐 등등
환경의 방해가 있을 때 쉬이 교제하기란 어렵습니다.

특히 여성의 경우 더 그렇지요.
굳은 심지를 가지고 있는 사람이라면
극복 의지를 가지고 고백을 덜컥 받아들이기도 합니다.

그렇지만 대인관계에서 주도권을 갖지 못하고
타인에게 의존도가 높은 사람은
주변인들의 반대나 방해에 매우 약합니다.

그래서 고백을 성공하려면 주위 사람들을
공략하라는 말이 나오는 것인데요.

고백해서 사귀기까지 참 힘들죠.
주위 사람들과 사귀는 것도 아닌데 말이죠.

TIPs!

내 편을 늘려가는 것이 필요해요.
예컨대 부모님의 반대라면 언니나
동생의 찬성표를 확보하는 것처럼 말이죠.
털어놓고 하소연하다 보면 진심이 통하여
어느새 내 편에서 이야기해줄지도
모르거든요.

#실패 유형 3. 이미 다른 사람을 좋아하고 있을 때

- -

'유형 1'과 비슷할 정도로 많습니다.

고백하는 사람이
고백을 받는 사람의 마음을
알 수 있다면 얼마나 좋을까요?
하지만 사람 마음은 알 수가 없죠.

그래서 결국 고백이라는 것으로
마음을 두드려보지만
돌아오는 대답이
"다른 사람을 좋아하고 있어"라면
그 절망은 너무 큽니다.

그래도 아파하지 말아야 합니다.
고백을 함으로써
그 사람의 마음도 흔들릴 수 있습니다.
고백 그 자체로 나를 바라보는 상대의 눈이
친구가 아닌, 이성으로 바뀔 수도 있으니까요.

다른 누군가를 좋아하더라도
자신을 좋아해주는 사람이 있다는 것은
결코 '싫은 일'은 아닙니다.
다만, 불편하지 않게 풀어가야 일이 남아 있을 뿐이죠.

TIPS!

상대가 누군가를 좋아하고 있더라도
그 기간이 오래됐다면 고백의 성공 가능성은
높아집니다. 마음도 지치거든요.
이제는 기다림보다 사랑받고 싶을 수
있기 때문입니다.

수험생활이라든지, 군대라든지, 유학이라든지,
누군가를 만날 준비가 되어 있지 않았을 때
고백은 성공하는 게 쉽지 않습니다.

고백을 받는 입장에서
마음 자체가 준비되지 않았기 때문에
누군가 자신의 일상에 들어오는 것
그 자체가 부담스럽고 걱정되기 때문입니다.

이때는 이성상이 부합하더라도 소용없어요.
아무리 좋은 사람이라도
잠깐 스톱을 하고 싶은 타이밍이기 때문이지요.
그래서 사랑은 타이밍이라고도 합니다.

TIPs!

당연히 준비되지 않았을 때,
준비가 되도록 옆에서 도와주고 묵묵하게
있어줄 수 있다면 가능성은 높아집니다.
다만, 인내가 필요하죠.
그 사람에게 짐이 되지 않고 서포터가
되어준다면 가능성은 있습니다.

#실패 유형 5. 익숙한 관계가 낯설어질 때

대표적 사례가
친구가 이성으로서 고백할 때입니다.

사람은 본능적으로
익숙한 것을 좋아하고
그 대상에 머무르려는 습성이 있습니다.
일종의 관성 같은 것이죠.

인간관계에서도 마찬가지입니다.
오래된 친구였고 항상 편하게 대했던 사람이
갑작스럽게 남자로 다가오거나 여자로 다가오면
한순간 낯설어집니다.

자칫 관계가 깨져
친구를 잃을 수 있다는 생각에 불안해집니다.

남자, 여자라는 이성의 이미지보다
친구라는 이미지가
이미 짙게 깔려 있기 때문에

이성적 어필을 하기란 참 어렵습니다.

이럴 때 고백은
불편하게 되고 미안스러워집니다.

언제나 '미안한 고백'은
성공하기 어렵다는 것을 명심하세요.

'친구 → 연인'의 인상을 심어주는 것은
좋지 않습니다.
'친구 + 연인'의 인상을 심어줘야 합니다.
친구에서 연인으로 돌변하는 게 아닌,
친구이면서 연인의 느낌이 들도록 자연스럽게
관계를 전환해야 합니다.
좋은 친구였던 관계가 좋은 연인으로 발전하면
대부분 쉽게 깨지지 않고 오래 사귀죠.
배우자를 선택할 때는 가장 좋은 친구를
선택하라는 말, 잊지 마세요!

매너가 필요한 시간

매너가 남자를 만든다? 아니다. 매너가 '남자'로 보이게 하는 것이다. 이 대사는 위컴의 윌리엄이라는 사람이 처음 언급한 말이다. 이 사람의 국적은 미루어 짐작 가능하다. 매너, 신사, 점잖음으로 표상되는 국가 하면 떠오르는 곳, 바로 영국! 그는 영국인이다.

윌리엄은 1382년 영국의 명문 남학교 윈체스터 컬리지의 설립자이기도 하다. 훗날 이 학교의 학생인 교육자 토머스 아놀드는 스포츠에서 페어플레이 정신을 강조하는 등 영국의 사립학교 학풍에 영향을 끼친다. 생각해보면, 유독 '영국 신사'라는 이미지가 세련되어 보이는 이유는 영국식 발음 때문만은 아닐 것이다. 페어플레이로 표상되는 문화, 몸에 밴 습관, 매너를 가지고 있을 것 같은 선입견이 여자들에게 큰 호감을 주기 때문일 것이다.

상대방에게 매너를 지키는 것은 자신을 낮추는 게 아니라, 자신의 가치를 높이는 일이다. 그래서 대부분의 남자는, 아니 여자도 매너만큼은 계발해야 한다. 과연 매너는 계발될 수 있는 성격의 것일까. 영화 〈킹스맨〉의 주인공을 생각해보면 답은 명확해진다. 영화 속 주인공도 처음에는 젠틀하지 않았다. 그야말로 '교육과 훈련'을 통해 성장하지 않았던가. 매너야말로 후천적으로만 길러질 수 있는 것이다. 그렇다면 매너는 어떠해야 할까?

유연해야 한다.

매너는 상대방이 누군지에 따라, 지금 있는 국가에 따라 달라질 수 있음을 알아야 한다. 우리나라 사람들이 사진을 찍을 때 흔히 하는 '브이' 자를 영국에서 손등으로 하게 되면 굉장한 욕이 된다. 인도네시아나 태국 등 일부 동양권에서는 타인의 '머리를 만지는 것'은 굉장한 실례가 되기도 한다. 다시 말해, 사회 문화적 맥락을 고려하지 않은 융통성 없는 매너는 섹시하지 않다.

2013년 6월 〈모터매거진〉에서 이뤄진 여성들의 대담에선 '상황에 따라 같은 매너도 그 느낌이 어떻게 다른지'에 관한 이야기도 있었다. 뺑 돌아서까지 와서 차문을 열어주는 것은 부담스럽지만 비 오는 날 우산을 씌어준 채 차문을 열어주는 것은 자상하게 느껴진다는 것. 차문을 열어주는 것은 '날씨'에 따라서 오버가 될 수도 매너가 될 수 있다는 교훈. 이건 외워서 가능한 것이 아니라는 게 함정!

섬세해야 한다.

대학교 남자 신입생들이 호감을 사기 위해 술자리에서 흔히 범하는 실수가 있다. 사람들 앞에서 '마음에 드는 여학생'의 술을 대신 마셔주겠다며 흑기사를 자처하는 것이다. 흑기사는 무슨, 흑역사가 될지도 모를 일이다! 자칫, 이는 매너가 아니라 비매너가 될 수 있다. 왜냐하면 주위 시선 때문에 불편할 수 있으니까. 술을 대신 마셔주는 것보다 술을 따라주더라도 주위 사람들이 모르게 조금만 따라주는 등의 섬세한 매너가 필요하다.

절제해야 한다.

매너는 결국 두 가지다. 매너 있는 매너와 매너 없는 매너! 전자의 매너는 받으면 편안해지지만 후자의 매너는 받으면 불편해진다. 예를 들면, 소개팅에서 식사 비용을 깔끔하게 지불한 뒤 으스대는 것이다. 생색내지 않아도 상대방은 알고 있다. 그런데 그 상황에서 꼭 확인 사살을 해야 직성이 풀리는 타입이라면, 절제하지 못하고 있는 것이다. 애국가를 반드시 4절까지 불러야 애국심이 깊은 것이 아니라는 점을 생각해야 한다.

차이와 차별을 구별해야 한다.

학벌, 지역, 성별, 세대 등등 편 가르기 식의 발언은 늘 우리 사회를 파괴하고, 자신까지 파괴한다. 다양성은 존중되어야 하지만, 다양하게 편을 가르며 분열되는 것은 결코 합의 힘보다 클 수 없다. 간혹 어떤 이는 습관적으로 편을 가르기도 한다.

특히 남성이 여성을 혐오하는 발언을 하는 것은 굉장히 위험하다. '여성은 남성보다 열등하다' 하는 식의 남성 우월주의는 지배욕으로 이어지며 지배욕은 폭력성으로 이어지기 쉽기 때문이다. 여성과 남성의 차이를 인정해야 하는 것은 상식이다. 생물학적 차이(sex)는 인정하

되, 사회적 능력으로서의 성별(gender)로 견줄 때에는 동등하게 바라보는 게 우리의 상식일 것이다. 차이와 차별을 구별하는 것이 매너다.

순발력이 있어야 한다.

추울 때 외투를 벗어주는 것은 클래식한 매너다. 이는 고전적인 수법일 뿐 전혀 신선하지 않다. 추운 날씨임에도 끝까지 실외 데이트를 고집한다면 융통성이 없는 것이다. 말하지 않아도 재치 있게 따뜻한 실내로 데이트 장소를 전환시키거나 손난로가 없다고 끙끙대지 말고, 편의점에 달려가 따끈한 캔커피를 사 오는 것은 그 남자의 순발력을 보여주는 매너다.

'Manners maketh man(예절이 사람을 만든다).'

영국 가수 스팅의 'Englishman In New York'이라는 곡에 나오는 노랫말이다.

'Modesty, propriety can lead to notoriety(정중함과 예의바름이 악평을 받을 수 있어요), You could end up as the only one(하지만 결국엔 유일한 사람이 될 수 있죠).'

정중한 매너는 결국 언젠가 당신의 가치를 소중하게 보는 오직 한 사람을 나타나게 하지 않을까.

Chapter 3
모태솔로 혹은 오래솔로라면

모태솔로, 오래솔로 모두
원인을 알아야
처방도 가능하겠죠.

"노래를 들어도 사랑 타령,
드라마를 봐도 염장질,
나도 연애 한번 해보고 싶다.
나 같은 모태솔로, 오래솔로는 서러워서 살겠냐?"

모태솔로, 오래솔로의 아픔은
이별의 아픔과는
완전하게 다른 아픔입니다.

이별의 아픔은
환희 뒤에 오는 허무함이라면
솔로의 아픔은
환희조차 느껴보지 못한 쓸쓸함이죠.

문제점을 정확하게 알아야
모태솔로, 오래솔로에서 벗어날 수 있습니다.
혹시 모태솔로, 오래솔로라면
어떤 유형인지 한번 알아보아요.

* 모태솔로 : 한 번도 이성 친구를
  사귀어보지 않은 사람
* 오래솔로 : 오랫동안 타의든 자의든 간에
  솔로로 지낸 사람

유형 1. 짝사랑의 상처형

모태솔로, 오래솔로를
자발적으로 선택한 사람도 있어요.
자신이 사랑을 넘어
동경했던 대상에게 버림받는 경우,
돌이킬 수 없는 상처로 남아
더 이상 사랑하기 어려워지는 케이스죠.

마음이 약하면 더 이상 사랑하지 않겠다고
'연애 회의주의자'로 변하지만
마음이 강하면 여성 혹은 남성 혐오증으로도 발전하여
소통하기 어려워지는
'사랑 불능자'로 전락하기도 합니다.
한 사람을 지독하게 사랑하다가 겪는
가장 슬픈 모태솔로의 유형입니다.

TIPS!

지나가는 사람 아무나 가리키고
"사랑하라"라고 한다면 사랑할 수 없어요.
어쩌면 상처를 치유할 방법은
그 사람이 나를 사랑하지 않을 수도 있음을
이해하는 데서 시작해야 해요.
제 짝은 있게 마련이니까요.

#유형 2. '감'이 없어 시작도 못 하는 유형

- -

장사가 잘되는 집은 꾸준히 잘되듯
정말 얄밉게도 연애를
꾸준하게 잘하는 사람이 있죠.
될 사람은 되고 안 될 사람은 안 된다더니!

사실,
이들은 연애의 '감'을 잃지 않기에
이성에게 호감을 얻고 어필하는 것이기도 합니다.

모태솔로는 연애를 해본 적이 없죠.
그래서 감을 잃을 수도 없어요.
감을 쥐어본 적도 없거든요.

"여기가 어디지? 왜 난 혼자 있지?"
사실, 이럴 때는 답이 없습니다.
연애를 모조리 글로 배울 수는 없지만
관련된 정보들을 읽어보는 것만으로도
일단 도움이 돼요.

오래솔로 역시 마찬가지입니다.
방송, 영화 다 좋아요.
연애 세포를 살려야 하니까요.
물론, 환상을 주입하는 드라마들은
연애를 더욱 방해하긴 합니다.

TIPS!

호랑이를 잡기 위해서는 호랑이 굴에 가야 해요.
하지만 호랑이 굴이 어디?
모태솔로, 오래솔로라고 친구조차 없겠어요?
이럴 때는 우정에 기대어 솔직하게 말해보세요.
"모태솔로, 오래솔로 탈출하는 데 네가 메시나
호날두 혹은 양귀비나 장희빈이 되어줘."

유형 3. 거울을 보지 않는 노력 부족형

- -

계속 반복되는 핵심이죠.

자신을 사랑하는 노력을
기울이지 않는 상황에서
타인의 사랑을 기대하는 것은
욕심일 수 있습니다.

동굴 속에 갇혀 있는 원시인에게 다가가
키스를 할 아름다운 백설공주 따위는
존재하지 않는 거죠.

동굴 속에서 최소한 팔굽혀펴기를 해서
근력을 기른다거나
초롱불을 켜놓고 독서라도 하면 모르겠어요.

아무런 노력도 없이
"왜 내가 모태솔로냐?"라고 말한다면
답은 거울 속, 아니
마음속에 있는 거라고 생각해요.

TIPs!

지나친 나르시시즘에 빠져
거울만 쳐다보는 것은 좋지 않지만
적당한 나르시시즘은 묘한 우월감으로
매력을 줄 수 있어요.
물론 '근자감', 즉 근거 없는 자신감이면
지금은 곤란하겠죠.

유형 4. 두려워서 시도도 못 하는 공포증형

'손을 잡는 거 처음만 힘들지
뽀뽀하는 거 처음만 힘들지
사랑한단 말 처음만 힘들지
같이 있잔 말 처음만 힘들지
한 번 시작하고 나면
그다음부턴 왠지 어렵지 않아.'

가수 요조가 피처링한 015B의 노래
'처음만 힘들지'의 노랫말 일부분이에요.

가장 어려운 순간은 바로 처음이에요.
그래서 모태솔로는 더욱 무서워져요.
오랫동안 연애하지 않은
오래솔로 역시 마찬가지죠.

"연애를 한 번도 해보지 않았는데
무시하면 어떡하지?"

"헤어지면 친구로도 안 남을 텐데

사귀어도 괜찮은 걸까?"

모두 부질없는
질문과 걱정들로
시작도 못 하고 있지는 않나요?

그 누구도 처음부터 연애를 잘하는 사람은 없어요.
아니, 연애를 잘한다는 개념도 존재하지 않아요.
온실에서 나와야죠.
상처 없이 사랑을 하려고 한다면 그건 욕심이에요.

유형 5. 너무 신중해서 놓쳐버리는 연애거식증형

연애거식증이란 연애에 너무 신중한 나머지
사랑을 놓쳐버리는 타입을 말하는 신종 연애 용어예요.

연애거식증에 걸린 이들은
사랑에 상처받기를 두려워한 나머지
솔직히 행동하지 못한 채
지나치도록 신중하게 상대방을 관찰해요.
그러다 보니 상대는 이미 마음이 떠나버리기도 하죠.

보통 이런 타입들은
너무 신중하거나
너무 예민해요.

'완벽한 사람은 없다'는 대전제를 무시한 채
지나치게 완벽을 추구하다가
그 누구와도 사랑을 시작하지 못하는
실수를 범한답니다.

TIPs!

'너는 내가 아니고, 나는 네가 아니다.'
사랑은 내가 원하는 너를
찾아가는 것이 아니에요.
너와 내가 함께 '우리'가 되어가는
과정임을 잊지 마세요.

달팽이 집처럼 안아줘

그 사람을 집 앞까지 데려다주는 것은 의무이자 권리였다.

으레 데려다줘야 한다고 생각한 의무감도, 밤늦게 집에 가는 것이 걱정된다는 명분도 있었다. 하지만 그것보다 '남자 친구로서의 권리'라고 생각하며 내심 으쓱하기도 했다. 집 앞의 가로등과 벤치는 날로 익숙해졌다. 나날이 데려다주는 횟수가 늘어나도, 날카로운 키스에 피곤한 줄 몰랐던 시간이었다.

그녀는 지하철역에서 나오면, 늘 나에게 업히길 원했다. 자꾸만 나에게 업어달라고 했다. 그때마다 호기롭게 거절하지 않았고, 한쪽 무릎을 땅에 꿇고 업히길 권했다. 윷놀이에서 '도'가 나오고, 다음 차례에도 '도'가 나오면 새로운 말을 이미 한 걸음 떠났던 말에 업히듯, '걸'이 나오면 다시 '걸'이 나온 것처럼 날마다 그녀는 내 등에 업혔다.

나는 달팽이가 되었고, 그녀는 달팽이 집이 되었다. 무겁지 않았다.

오히려 따듯함의 무게에 감사했다. 따듯한 만큼 이대로 멈추었으면 좋겠다고 생각했다. 달팽이도 이런 기분이었을까. 인간은 달팽이가 달팽이 집을 어떻게 생각하는 모르는 것처럼, 행인들이 나를 쳐다보아도 부끄러움이 느껴지기보다 '저 사람들은 내 감정이 어떨지 모르겠다'라고 생각했다. 그래서 부끄럽지 않았다.

그런데 행인이 나의 감정을 몰랐을 것처럼, 나는 정작 그녀의 감정을 몰랐다. 그녀는 무슨 생각으로 업어달라고 했을까. 취하지도 않았는데, 아프지도 않았는데 왜 자꾸 업어달라고 했을까.

이병헌 감독의 영화 〈스물〉에서는 꽤 인상적인 장면이 나온다. 대학생 동우를 좋아하던 고3 소희. 소희는 동우에게 자신보다 몇 발짝 더 앞으로 걸어가라고 말한다. 열 걸음쯤 떨어졌을까. "스톱! 돌아보지 마"라고 외친다. 타다다다닥. 소희는 앞을 보고 있는 동우에게 달려가 뒤에서 꽈악 끌어안는다. 그리고 아껴두었던 마음을 나지막이 고백한다.
"좋은 사람 두 번 놓치지 마."

그 모습도, 마치 달팽이 집이 달팽이를 보호하고 있는 것처럼 보였다. 그녀의 마음은 소희와 같은 마음이었을까. 물어볼 수는 없다, 이미 그 마음은 지나가버렸으므로. 하지만 이제 안다. 달팽이 집은 달팽이를 무겁게 하는 짐이 아니라, 천적으로부터 보호해주고 산소를 공급해주는 존재라는 것을!

1분에 98.2센티미터, 한 시간에 58.92미터, 하루에 1.41킬로미터밖에 가지 못한다는 달팽이처럼 느리더라도 함께 가자는 마음의 반영이라고 생각한다면 과장일까. 탄생과 함께 가지고 있던 집, 집이 자신이고 자신이 집인 존재. 집이 사라지면 달팽이도 살지 못하므로, 그렇게 달팽이와 달팽이 집처럼 사랑하자는 마음이었다고 생각한다면 지나친 비약일까.

　어쨌든 포옹보다 업는 것은 더 위대한 스킨십이다. 온전히 두 사람이 서로의 무게와 힘을 느끼는 행위이니까! 지금 당신은 누구에게 달팽이 집이 되어주고 있는가?

love you

Chapter 4
비호감을 피하는 다섯 가지 원칙

모난 돌이 정 맞는다는 속담,
혹은 과유불급이라는 사자성어도
생각해볼 수 있을 것 같아요.

첫 만남에서 호감을 사는 것보다 중요한 건
'비호감'을 피하는 것입니다.
튀려고 하다 오히려 절반도 못 가는 경우가 있습니다.

자신의 매력 포인트를 정확하게
아는 사람이라면 첫 만남에서 승부를 볼 수 있겠죠.

전형적으로 비호감으로 불리던 전현무 아나운서.
하지만 자신의 매력을 정확하게 알았기에
현재 승승장구하고 있지요.

이처럼 매력을 안다면
비호감조차 호감으로 승화시킬 수 있어요.
하지만 정확하게 몰라서
의욕만 앞서는 경우가 적지 않아요.
가만있으면 절반은 가는데
그 절반조차 잃어버리곤 합니다.

그래서 그러한 실수를 피할 수 있도록
첫 만남에서 비호감을 피하는
다섯 가지 원칙을 알아보겠습니다.
상대방과 1:1로 만나는 소개팅이 아닌,
학교 · 회사 · 동아리 · 학원 등
기타 여러 구성원과 1:다(多)로
처음 만날 때의 팁을 중심으로 살펴보아요.

#원칙 1. 첫 만남의 코디

첫 만남에서 코디는
가장 어울리는 옷을
입는 것이 중요합니다.

보통 누구에게나
한 벌쯤은 본인도 흡족해하는
옷이 있게 마련입니다.

그러나
내가 입고 싶은 옷이 아니라
입었을 때 잘 어울리는 옷,
자신 있는 옷을
고르는 것이 중요합니다.

첫날은 무조건 제일 잘 어울렸던,
혹은 타인에게 칭찬받았던 옷을
입는 것이 좋습니다.

처음 만날 때 잘 보이려고
새 옷을 사는 것은
흔히 저지르는 실수입니다.

새 옷은 못해도 두세 번은 입어야
몸에 맞고 익숙해집니다.

무엇이 괜찮은지 모르겠다면
괜히 그 옷을 입었을 때
자신감이 생기는 옷을 고른다면
좋은 선택이 될 수 있어요.

참고로 여자의 경우,
첫 만남에서는 회색, 검정색, 청색 등을
제외한 밝은색 계열을 입는 것이 좋습니다.

이성과의 첫 만남에서 호감을 주기에
좋다고 연구 결과가 말해주지요.

#원칙 2. 입은 작게, 귀는 크게

조급함은 버리고, 말수는 줄여야 합니다.

친목 모임도 보통 3개월은 이어지고,
어떤 학교든 반이 바뀌면 1년은 가고,
어느 과나 조직에 소속되면 3~4년은 가지요.

어차피 계속 보게 될 사람들입니다.
조급한 마음을 버려야 합니다.

혹시 호감 가는 한 사람에게만
전념하려 합니까?
그것은 구성원들에게 찍히고
그 사람에게도 부담만 주게 됩니다.

혼자서 분위기를
주도하겠다는 모습보다
분위기에 휩쓸려서 있는 듯 없는 듯
하는 것이 새로운 사람들 사이의
관계 시작에서 가장 매끄럽습니다.

이야기를 나눌 때
한마디씩 덧붙여가는 것,
천천히 그 관계 속에서 스며드는 것이
첫 단추를 잘 끼우는 방법입니다.

단둘이 있을 경우에도
어색한 상황을 어떻게 해보려고,
친해져야겠다는 생각을 너무 앞세워
말을 많이 하다 보면
실수할 확률 또한 그만큼 높아집니다.

무리수를 던지는 것보다,
적당히 말을 아끼는 것이 미덕이에요.
매력은 차차 보여주면 돼요.
개그맨급의 유머 감각이 없다면
섣불리 서두르지 마세요.

입은 작게 하고
귀는 크게 하고 있어요.
그러면 차차 친해질 수 있는
힌트들이 충분히 확보될 겁니다.

#원칙 3. 호불호는 나중에
- -

좋다 혹은 싫다,
호불호 기색을 첫 만남부터
드러내면 안 됩니다.
내가 별로라고 생각하는 사람이
다가와도 막지 말아야 합니다.

그 사람과 아무리 관계를
유지하고 싶지 않다 하더라도
그가 혹여 내게 행복한 인연을
연결해줄지 모를 일이죠.

또 괜히 깐깐하고
콧대 높은 이미지로 남는다면
정작 내가 호감을 갖고 있는 사람 역시
다가오기 어렵게 됩니다.

사는 곳이 어딘지 말해주더라도
만나지 않으면 그만이고

연락처를 받더라도
연락하지 않으면 그만이니
다가오는 사람에게
면박을 주지 마세요.

동요도 있잖아요.
둥글게 둥글게!

처음 만나는 상황과 그 사람들 사이에서는
최대한 부드러운 모습을 보여서
처음에는 마뜩지 않은 사람이 다가오더라도
두 번째 세 번째에는 마음에 드는 사람이
다가오도록 길을 열어두어야 합니다.

세상 좁아요.
싫어했던 사람이 더없이 좋은
가장 친한 친구가 될 수도 있습니다.

#원칙 4. 첫 만남의 보증수표

첫 만남의 보증수표는?
단언컨대 웃는 얼굴입니다.
영화배우 안성기나 리처드 기어를
보면 알 수 있지요.
웃는 얼굴은 묘하게 사람을
매력적으로 보이게 합니다.

"얼굴은 그렇게 예쁜 게 아니었는데,
웃는 모습에 반했어."

예쁜 사람만 골라 사귀던
어느 지인의 말이었습니다.
예쁘지는 않지만
세상에서 예쁘게 웃는
그 사람을 좋아하고 있답니다.

그렇다고 아무렇게나 웃는 것보다
웃음 포인트를 찾는 것이 중요한데요.
이것 또한 연습이 필요합니다.

거울을 보며서 자신의 웃음 중
가장 자연스러운 것을 찾아야 합니다.

치아를 드러내는 것이,
또는 입꼬리만 자연스레 올리는 것이,
혹은 눈웃음을 짓는 것이
자연스러운지 미리 알아두자구요.

#원칙 5. 가식은 피곤하다

자신에게 '없는 이미지'를
만들면 피곤해집니다.
내숭은 필요하지만
가식은 피곤합니다.

첫 만남에서
좋은 모습을 보이고 싶어서
있어 보이는 척을 한다거나
많이 아는 모습을 보이려 하면
그걸 계속 유지해야만 하는데요.

나를 위한 행복한 관계가 아니라,
타인을 위한 내 모습을 만들게 되면
스스로에게 족쇄가 됩니다.

족쇄가 되는 이미지는 없는 게 나아요.

옷은 잘 어울릴 수도 안 어울릴 수도 있고,
옷을 잘 입을 수도 있고 못 입을 수도 있어요.

하지만 이미지는 옷과 달라요.

다른 사람에게 보이는 이미지,
물론 중요합니다.

하지만 첫 만남에서부터
자신에게 '없는 모습'을
억지로 만들 필요는 없어요.

수수하고 솔직한 모습으로 다가가면
상대도 진실성을 느낄 거예요.

달콤한 어둠, 꿈에서 한 사랑

그는 구름 위를 걷고 있듯, 달뜬 목소리로 자신의 이야기를 풀어놓았다. 꿈에서 한 사랑 이야기가 있다며……. 대략 이랬다.

학부 시절, 우리 과는 필름을 직접 인화해야 하는 과제가 있었어. 그래서 학교에 암실도 있었지. 음…… 정확히 말하면, 내가 그 수업을 들은 건 아니야. 그녀가 그 수업을 들었지. 나도 마침 우연히 인화하는 과정에 따라 들어갔어. 암실이 그렇게 오묘하고 환상적인 공간인 줄 몰랐어.

알싸한 화학 용품 냄새는 콕콕 코를 찌르지, 캄캄한데 붉은빛은 은밀히 맴도는 거야. 불과 작은 방에 들어왔을 뿐인데 바깥 세계와는 다른 차원 같은, 그런 느낌이랄까. 암실인데 왜 완전한 어둠이 아닐까 궁금해했더니, 인화지가 붉은빛에만 반응하지 않아 유일하게 붉게 해둘 수 있다나 뭐라나. 그 은은한 붉은빛 때문에 더 꿈꾸는 것 같았어.

마침, 그 암실에는 그녀의 동기도 있었어. 두 사람은 열심히 인화 작업을 하더라고. 인화지를 트레이에 담근 후, 씻기도 하고 핀셋으로 집어 말리기도 했어. 집게 같은 것으로 인화지를 빨래처럼 집어 말려두었나 그랬을 거야. 같이 현상 작업을 하던 그녀의 동기는 일이 있다며 곧 암실을 빠져나갔어. 그녀는 갑자기 누가 들어와 빛이 들어오면 안 된다며 암실의 문을 잠그더라고.

문이 철커덕 잠겼어. 몰래 사귀는 과 CC에게 단둘이 남겨진 암실이라. 그렇게 낭만적일 수 있을까 싶었어. 앉아서 멍하니 붉은빛 인화지를 바라보고 있었는데. 아니 붉은빛조차 없었던 기억이기도 하다. 괜히 무서울까 봐 손을 잡았던 것 같아. 그러자 그녀가 내 무릎에 앉았어. 그리고 키스했어. 그때만큼 달콤한 어둠이 있었나 싶어.

달콤한 어둠. 암실에서의 키스를 표현하는 가장 정확한 표현 아닌가. 화학 용품으로 마비된 후각, 현상을 위해 단절된 시각. 하지만 그래서 더 생생하게 다가오는 키스의 촉감. 그 감각만으로도 그의 추억은 나에게도 선명히 현상되었다. 휴지통 버튼 하나로 삭제되는 디지털 기억이 아니기에 그 기록은 여전히 인화될 수 있었다.

생각해보면 어둠은 빛을 가리는 존재가 아니라, 빛을 도드라지게 하는 존재다. 어둠이 없다면 붉은빛은 본연의 색을 보여줄 수 없을 것 아닌가. 마찬가지로 암실이라는 어둠의 공간은 그들을 가장 둘만의 색깔로 서로 물들게 하지 않았나.

꿈에서 한 사랑이라고 명명한 그의 필름. 왜 그는 꿈에서 한 사랑이라고 했을까. 현실에서 일어난 사랑인데. 그래서 나는 그를 다시 만나면, 아니 혹 그의 그녀를 만나면 말해주고 싶다. 두 사람의 사랑은 꿈에서 한 사랑이 아니라, 꿈같은 사랑이라고! 여전히 술만 마시면 안줏거리처럼 이야기를 꺼내는 그의 꿈을 이뤄줄 수는 없느냐고!

Chapter 5
바람둥이 구별법 or 어장관리남 특징

바람둥이들은 특별한 기질을
가지고 있게 마련이에요.
사실, 바람둥이들은
선천적이라고 볼 수 있어요.

호감을 주는 외모,
사람들과 잘 어울리는 성격 등은
후천적 발달에는 한계가 있어요.

바람둥이나 어장관리남들은
'먼저 다가가서'
인기를 얻거나 어장을 만들지 않아요.

그들은 여자들이
먼저 다가가고 싶게 만들고
실제로 많은 여자가
친해지고 싶어 하지요.

그래서 본질적으로
'픽업아티스트'랑 다릅니다.

픽업아티스트…….
'아티스트'라는
표현이 민망했는지
한 네티즌은 우리말로
'제비'라고도 번역했는데요.

여성 독자 여러분 중
'픽업아티스트'처럼 길거리, 술집, 클럽 등에서
무분별하게 번호를 묻고 접근하는 남자에게
흔들리는 분은 없을 거라고 믿어요.

또 그런 내용들을 습득하기 위해 노력하는
남성 독자분들도 없을 거라 믿고 싶습니다.

지금부터 많은 여성이
먼저 다가가는,
먼저 다가가고 싶은
그런 '바람둥이', '어장관리남'에 대해
살펴보겠습니다.

이제는 그만 당해야 하니까요.
알면서도 당하면 할 말이 없지만
최소한 몰라서 당하는 일은 없어야겠죠.

신랄하게 파헤쳐보는
바람둥이의 특징들!
세 개 이상 포함된다면
98.452퍼센트 확신해도 좋습니다.

특징 1. 사생활관리는 FBI급

사생활관리는
바람둥이와 어장관리남에게
굉장히 중요한 요소예요.
필수 조건이죠.

페이스북을 비롯한 공개 매체처럼
많은 여자가 서로를 견제, 의식하게 되는
공간을 활용하지 않아요.

간혹 아예 극단적으로
오픈하는 경우도 있어요.
얼마나 인기가 많은지를
부각하려는 자신감의 표현입니다.

오히려 메신저, 전화 등
1:1 소통이 가능한 여러 채널을
열어놓고 있습니다.

스마트폰에 톡의 종류가
다양하게 설치되어 있기도 하지요.

실제로 바람둥이들은
자신의 가족들도 모를 만큼
사생활관리를 철저히 해요.

연락하는 다른 여자들의 이름 또한
자신만 알아보도록 닉네임으로 해둬요.
누가 훔쳐보더라도 누구와 연락하는지
알기 힘들게 하는 것은 기본이죠.

아빠, 할아버지, 조카로
저장되어 있는 이름은
알고 보면 나이트에서 만난 여자,
클럽에서 만난 여자,
소개팅으로 몰래 만난 여자 등
모두 다른 인물이기도 하지요.

기본적으로 만나고 있는
여자 혹은 여자 친구로부터
특별한 의심을 받지 않기 위해
이처럼 필수적으로 '암호화'를 합니다.

#특징 2. 연락이 아쉽지 않다

바람둥이들은 적을 만들지 않아요.
아무리 마음에 들지 않는 여자일지라도,
만났을 때만큼은 최선을 다하며
좋은 인상을 심어주려고 노력하죠.

아마추어는 만나서
느낌이 아니면 아니지만
프로는 아니어도 '모호'하게 합니다.

진정한 프로의식을 가진
꾼이라고나 할까요?

그렇지만
정작 여자 마음에 불을 질러놓고는
그 불을 끄지 않아요.
연락이 아쉽지 않거든요.

결국 대부분의 여자가
연락을 먼저 함으로써

스스로 마음의 불을 끄지요.

마음에 들어 웃으면서 헤어진 후에도,
결코 서둘러 연락하는 경우는 없어요.

왜냐하면
연락이 아쉽지가 않거든요!

마음에 들지 않는다면
당연히 연락하지 않겠지만
마음에 들더라도
쉽게 연락하지 않는 것!

그리고 애간장이 타서
지칠 때쯤 연락하는 것,
혹은 안달 나게 해서
먼저 연락하게 만드는 것!

이것이 바람둥이들의 지론입니다.
그래야 주도권을 잡으니까요.

#특징 3. 강인하고, 섬세하다

그들은 일반적인 남자들보다
타이트하게 자신을 남자로 만들어요.

한두 개 정도의 운동에는 일가견이 있죠.
자신의 몸매관리에도
무서울 정도로 철저합니다.

웬만한 남자보다 더 남자다워요.
강인합니다.

한편, 여자보다 섬세합니다.
자신만의 요리법이 있어서
결정적 순간에 여자를 녹일
음식을 만들어내기도 합니다.

남자다우면서 요리를 잘하는 것은
그야말로 반전이죠.
반전은 매력의 핵심 요소입니다.

또한 수트, 구두, 시계, 향수 등 패션에도
웬만한 여자들보다 민감하고
그래서 꾸준하게 노력하지요.

스스로의 이미지를 중요하게 생각하는
그들은 한 번의 외출에도 신중합니다.

준비할 것이
웬만한 여자만큼 많기 때문입니다.

특징 4. 담백한 매너, 위트 있는 유머

느끼하지 않은 매너와
느끼한 매너의 차이점을
아는 것은 어렵지 않아요.

하지만 보통의 남성들은
그것을 모르죠.
TV나 영화에서 보던
뻔한 매너는 느끼하게 보일 뿐입니다.

바람둥이는
그런 식상한 매너에 집중하지 않아요.

의자를 빼주는 어색한 행위보다
레스토랑의 메뉴에 관해 어려워하는
여자에게 민망하지 않게 설명해주고
고급스러운 메뉴를 좋아할 것 같다는
말을 한마디 하는 정도죠.

어떤 여자들도 이러한 말을 듣고

기분 좋지 않을 수 없게 합니다.

그런 유머 감각과 재치는
여자뿐만 아니라
남자들과의 사회생활 속에서도
능력을 발휘하게 되지요.

#특징 5. 넓은 지식, 풍부한 대화 소재

희대의 바람둥이였던
카사노바의 직업은?
정답은 '셀 수 없다'입니다.

외교관, 재무관, 스파이, 작가,
도박꾼, 심지어 철학가까지!

마리 앙투아네트에게
총애를 받기도 한
카사노바는 굉장히 영리했어요.

하지만 학문적으로
깊이가 있었던 건 아니에요.
다방면으로 알고 있었던 것뿐이죠.

그래서 직업도 다양할 수 있었죠.
한 방면에서 깊이 있게 아는 것은
여자한테 부담감을 느끼게 할 수 있어요.

철학에 관해서만 어쩌고저쩌고 하다 보면
단연코 지루해지죠.
바람둥이는 한 방면을 깊이 알지라도
결코 그것을 드러내지 않아요.

대화에서 중요한 것은
깊이가 아니라 넓이예요.

오히려 다방면을 두루두루 알면서
넓고 얕은 지식들로 필요할 때마다
곁들여 말할 수 있는 '순발력'이 포인트입니다.

바람둥이는 결코
자신의 무식한 면을 보이지 않아요.
물론 잘난 척하는 모습도 보이지 않습니다.

\# 특징 6. 돈에 구애받지 않는 행동

모든 바람둥이와 어장관리남이
넉넉한 것은 아닙니다.
하지만 결코 구질구질한 모습을
보여주진 않아요.
돈 한 푼에 연연해하는 모습은
이미지에 금이 가기 때문입니다.

돈이 없어도
좋은 모습을 보일 수 있는 이유는
애초에 자신의 데이트 자금을
모두 계산해두었기 때문입니다.

철저한 프로의식, 준비의식이 있죠.
비상금은 당연히 챙겨둡니다.

그리고 돈을 낸 것을
다시 한 번 언급하지 않아요.

일반적인 남자들과 가장 큰 차이점이죠.
생색내지 않습니다.
그래서 부담을 주지 않아요.

#특징 7. 자신은 남들과 다르다고 한다

- -

바람둥이들이 무서운 이유는
자신은 다른 남자와 다르다
강조하는 것이고,
그것을 믿게 만들기 때문입니다.

두세 명을
동시에 만나거나 관리하면서도
사랑을 말하기 때문에 무섭죠.

결코 자신의 감정을
가볍다 말하지 않고,
그 어떤 감정보다
소중하다고 생각하게 만들죠.

헤어진 후에도,
그것을 아름답게
포장할 정도의
능력을 보여줘요.
자신을 잊지 못하도록!

가장 무서운 것은
바람둥이와 만날 때
그 기질을 잘 못 느낀다는 거예요.
그 정도로 깊게 빠져들어요.
완벽해 보이거든요.

질문을 풀어볼게요.
'남자는 마음이 없어도 톡답을
해주고 밥을 사줄 수 있나요?'
특징 2에 해당되는 질문이죠.
'톡답'은 해줄 수 있어요.

하지만 먼저 연락하는지
즉, '선톡' 여부가 핵심입니다.
마음이 있다면 톡답에서 끝나진 않아요.
먼저 연락합니다.

그래서 밥은 언제 사줬는지가 중요합니다.
톡답 이후에 사줬다면 가능성이 있죠.
더 알아가고 싶다는 표현이니까요.
사실, 남자는 마음이 없는 여자에게
돈과 시간을 쓰지 않아요.

분명 질문한 사람을
궁금해하면서 알아가고 싶을 거예요.
밥을 사준다는 것은
그만큼 위대한 것이죠.

하지만 그 순서가
다음과 같이 이루어졌다면?

1 소개를 받았다.
2 밥을 함께 먹었고 사주었다.
3 톡은 내가 먼저 했다.
4 답장이 왔다.

아직 마음이 있다고
확신하기에는 이릅니다.

바람둥이 특징을 알았으니
이제 길들일 수 있겠죠.
바람둥이인지 아닌지 아는 것부터
해야 길들일 수 있습니다.
얼핏 볼 때,
바람둥이 일곱 가지 특징이
완벽해 보였나요?

그래서 남자라면 바람둥이가
되고 싶다는 생각을
하게 될지도 몰라요.

하지만 바람둥이를
꿈꾸는 것은 어리석은 일입니다.
'한 사람'만 사랑해주길 바라는 여자가
세상에는 더 많으니까요.

바람둥이는 완벽하지 않아서
완벽해 '보이도록' 행동합니다.

어쩌면 너무 완벽한
그 남자가 바람둥이는 아닌지,
나를 어장관리하고 있는 것은 아닌지
한번 의심해보아야 합니다.

만약 어설프고 서툴다면?
그런 남자가 있다면
그게 정상입니다.

완벽해 보이면서
많은 여자를 거느린 남자와

서툴게 한 여자만을 좋아하는 남자…….

두 남자 중 완벽한 사랑은
서툰 남자가 할 수 있을 것입니다.

참고로, 위 일곱 가지 특징 중
무엇 하나 포함이 안 되더라도
'헤어진 여자 친구'랑
인간관계 차원에서 연락하고 지낸다면
이는 바람둥이, 어장관리남일 확률이
높습니다.

맺고 끊음이 분명하지 못한 데에서
바람둥이도 어장관리남도 시작된다는 것,
잊지 마세요!

현실의 사랑을 위해

사랑의 관념은 어쩌면 착각의 산물일지 모른다. 예리한 현실이 아니라, 막연한 환상을 기대하는 일과 같다. 알고 보면 굴절된 사랑의 이미지는 대중매체를 통해 학습된다. 불륜의 여주인공도 운명을 빙자한 리얼 러브로 포장되고, 감정 소모적인 복잡한 삼각관계마저 달달한 사랑싸움으로 만들어내니까. 이해는 된다. 현실의 사랑을 담아냈을 때, 시청자들은 외면할 것이 빤하니까. 원래 정직한 현실보다 거짓된 희망이 삶을 지탱하기도 하고!

문제는 이러한 사랑의 관념들이 실제의 사랑, 그러니까 현실의 사랑을 위험하게 하는 데 있다. 연인의 결합은 환상이 아니다. 물론, 내가 사랑하는 사람이 나를 사랑한다는 일만큼 환상적인 일은 없다. 그러나 '환상적인 것'과 '환상'은 엄밀하게 다르다. 사랑이 환상적일지라도 환상이 아니다. 그러나 현실의 사랑은 무책임한 사랑의 관념으로 인해 늘 위험하다.

가령, 사랑은 '하나가 되는 일'이라는 환상. 같아질 수 없는데, 같기를 바란다. 애초에 다르다고 생각하는 지점에서 관계를 시작하는 것이 아니라 우리는 '하나'라는 동일적 존재라는 인식 아래 같은 신발, 같은 반지, 같은 번호까지 맞춘다. 하지만 그것들조차 단수(單數)가 아니라 복수(複數)의 것임을 깨달아야 한다. 나무들이 제 나뭇가지를 서로 비비고 있다고 한들 뿌리가 같아질 수 없지 않나. 사랑은 어떻게 두 사람이 '하나'가 될 것인가를 고민하는 문제가 아니라, 어떻게 두 사람이 '둘'로 오래 지속할 것인가에 관한 문제이다.

실제로 연인들은 자주 싸우면서 '잘 맞지 않는다'는 식의 발언을 툭툭 내뱉는다. 싸움에 관한 오해도 사실, '하나가 되어야 한다'는 명제 때문이다. 잘못된 통념으로 싸움의 순기능은 무시한 채 싸움 자체에 대한 부정적 단면만 바라보게 되는 것이다. 애초에 하나가 될 수 없다는 것을 인정하고 수용하면, 싸움은 발전적 과정으로 인식할 수 있다. 오히려 '무기력한 침묵'보다 '무한한 싸움'은 서로의 건강한 에너지를 보여준다. 여전히 너와 하나가 되고 싶다는 그 환상을 향한 달리기가 가능한 상태라는 것을 보여주기 때문이다.

어쩌면 현실의 사랑은 소설가 은희경의 작품 한 구절처럼, 정작 사랑을 '믿지 않을 때' 가능할지 모른다. 사랑은 하나가 될 수 있다는 것에 대한 불신, 잘 맞는 사람이 있을 거라는 선입견에 대한 불신이 있어야만 가능할지 모른다. 1킬로그램의 환상조차 존재하지 않을 때, 가상의 연애가 아니라 현실의 연애가 비로소 환상에서 벗어나 두 다리로 설 수 있지 않을까.

Chapter 6
어장관리 구별, 그녀의 특징

사실, 어장관리가 나쁜 게 아니에요.

무턱대고 사귀고 헤어지는 것보다
신중히 선택하는 게
나을 수도 있어요.
선택의 과정이죠.

그러나
어장관리라는 것을 서로 알며
여유 있게 즐기면 좋지만
모르고 당하면
희망고문이 되고
고통이 되곤 합니다.

이러한 불상사를 방지하기 위해
여장관리녀의 특징을
한번 살펴보도록 할게요, 주목!

특징 1. 달콤한 접근

그분들은 사귀는 것보다
더 달콤하게 다가옵니다.
고로 어장관리녀를 만나면
연애하는 기분에 빠집니다.
어쩌면 진짜 사귈 때보다
더 연애하는 기분으로
데이트도 하게 되지요.

그분들은,
미모는 평균 이상에,
애교는 기본에,
눈웃음은 옵션일 확률이 높습니다.
착각 유발 멘트는 매너입니다.

사귀지는 않지만
만나는 순간만큼은
연애하는 것보다
더 연애하는 기분이 들게 하죠.

마치 내가 이 사람의
남자 친구라도 된 것처럼…….
그리고 왠지 곧 될 것 같다는
강한 '희망'을 줍니다.

TIPs!

어장관리녀는 '데이트'에는 관대하나
'관계'에는 엄격합니다.
다시 말해 데이트를 한다고 해서 오직 당신과만
데이트한다는 것은 결코 아니라는 사실!
어차피 결혼할 것도 아닌데 뭘.
자유롭게 잘해주는 사람과 만나지 뭘.
이 사람도 있고 저 사람도 데이트를 해야 하는데,
굳이 커플이라는 '관계'를 분명하게 맺는다?
그것보다는 여러 명과 데이트하며
즐기는 것을 선호하지요.

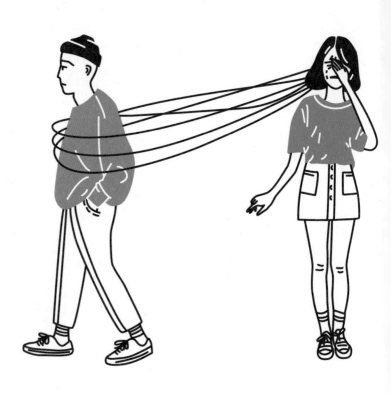

특징 2. 연락 원칙이 있다

어장관리녀만큼 연락을
잘 컨트롤하는 사람도 드물어요.
그들에게는 나름대로
연락 원칙이 있습니다.

대한민국 국방부 관계자들이
어장관리녀를 강사로 초청해서
심리전을 배워야 할 만큼
그들은 무서운 능력자입니다.

과장이 아니에요.
그만큼 남자의 마음을
손안에 놓고 쥐락펴락합니다.
연락을 막상 하기 시작하면
잘 받아주기도,
아예 무시하기도 합니다.

남자는 헷갈리기 시작합니다.
'뭐지? 아예 연락을 받지 말든가.'
어장관리녀들의 행동에는

다 이유가 있습니다.

연락을 받는다면
연락받는 이유가 있어요.
연락을 무시한다면
무시하는 이유가 있습니다.

당연히
남자들은 그 이유는 모릅니다.
그리고 스스로 위로합니다.

"그래도 아예 무시하는 건 아니잖아?
가능성이 있어……."

TIPs!

어장관리녀가 연락을 받거나 먼저 하는 이유 두 가지!
먼저 심심할 때, 다시 말해 어장이 좋지 않은 '비수기'에
당신이 연락을 해온다면 옳다구나, 낚아 올리는
상황이라고나 할까요.
슬프게도 어장관리녀들의 연락 원칙은 당신의 마음보다
자신의 마음이 기준입니다.
그날 기분이 좋지 않으면 무시하지만
좋으면 하트 하나 붙여줄 수도 있는 정도라고 할까요.
둘째, 필요한 용무가 있을 때 합니다.
필요할 때 연락을 하는 건데, 남자들은 '혹시 누가 알아?'
하면서 전혀 눈치채지 못합니다.
그 정도로 매끄럽고 훌륭하게 풀어갑니다.
여우주연상의 '여우'가 따로 없죠.

#특징 3. 아쉬울 게 없다

오는 남자는 적당히 가리고,
가는 남자 잡지 않습니다.

바람둥이들처럼
어장관리녀들 역시
오는 남자 막지 않아요.

하지만 내가
낚고 싶은 물고기가 상어급인데
피라미급이 오면?
아예 내 어장에 들어올 수도 없게 만들죠.

다시 말해,
그래도 어장관리당하고 있는 남자라면
최소한 어장관리녀들의 시야에만큼은
두고 싶은 상대인 거죠.

아예 연락도 하기 싫은 사람이라면
연락처 자체를 알 수 없게 만들어요.

그렇다고 해서 절대 어장관리를
당하고 있다는 것을 기뻐해서는 안 돼요.
당신이 없다고 해서 그 사람이
쩔쩔매거나 두려워하지는 않으니까요.
바다를 떠나는 물고기는 숨이 막히지만,
바다에 드리운 낚싯대는
어장만 바꾸면 될 뿐이니까요.

특징 4. 친구야, 애인이야?

제일 무서운 말로
어장관리녀들은 선을 그어줍니다.

"넌 참 좋은 친구야."
"니가 내 친구들보다 더 편해."

아이쿠!

순식간에 좋은 사람이 되면서,
편한 친구가 되면서
이러지도 저러지도 못하는 상황이 됩니다.

나는 친구하려고
너 만나는 거 아닌데,
속으로 중얼거리지만
얼굴은 웃게 됩니다.

"나도 니가 참 좋은 친구인 것 같다"라는
마음에도 없는 말 한마디 하면서…….

웃고 있어도 웃는 게 아니죠.

게다가
그녀들은 육감도 무섭습니다.

남자가 고백할 것 같으면
그 고백의 타이밍을
흔들거나 빼앗아버리죠.

결국 고백은 물 건너가고
좋은 친구로 남는 자신을
발견하게 됩니다.

#특징 5. 윷놀이 게임의 원리
- -

도, 개, 걸, 윷, 모.
윷놀이를 하다 보면
분명 다섯 개의 경우의 수가 나오죠.

도가 나오면 한 칸,
개가 나오면 두 칸,
걸이 나오면 세 칸,
윷이 나오면 네 칸에 한 번 더,
모가 나오면 다섯 칸에 한 번 더!

어장관리녀와 사귀다(?) 보면
결코 도나 모는 나오지 않아요.

아예 도만 나온다면 포기할 텐데
그것도 아니고
모가 나와서 빠르게 관계가
발전되지도 않아요.

계속 나오는 것은 개나 걸뿐이에요.
관계를 발전시키려고 데이트도 자주 했는데 계속 걸!
세 칸에서 더 이상 나아가지 못하는 상황!
말이 빨리 나가서 연인으로 사귈 수 있게 되어야 하는데
그저 머무르기만 하죠.
어쩌다가 용기를 내어 고백을 하면?
윷, 네 칸이 나오게 됩니다.
"아직은 아닌 것 같아"라는 말을 듣고
다시 기다려서 윷(고백)을 던질 때 나오는 건 백도!
"우린 좋은 친구잖아……"
이 윷놀이가 언제쯤 끝날지 아무도 몰라요.
결국 게임은 어장관리녀의 손에 달려 있으니까요.
고인 물은 반드시 썩게 마련이에요.
어장관리녀가 물고기를 오랫동안 고르고 고르다 보면
그 물에서 살 수 있는 물고기는 한 마리도 없게 될 거예요.
그게 어장관리녀의 최후가 될 수도 있습니다.

타인의 먹이에 눈을 감는다

믿음이란 무엇일까. 그 믿음의 모습이 있다면 어떠해야 하는지, 별 안간 알게 된 때는 일요일 아침이었다.

우연히 보게 된 〈TV 동물농장〉에서 '흰 차만 쫓아가는 삼거리 견공' 이라는 에피소드를 다루고 있었다. 강아지 한 마리가 삼거리에서 무 언가를 꿋꿋하게 기다리고 있는 것이었다. '하염없이'라는 부사를 쓰 더라도 아깝지 않을 정도, '한결같이'라는 부사를 쓰더라도 부족할 정 도의 기다림이었다. 심지어 동네 주민들이 보살펴주려 해도, 먹이를 주려 해도 거부하고 그 위험한 삼거리로 자꾸 향하는 것이었다.

추운 겨울이었음에도 견공은 몸이 차가워지기까지 그 자리를 지켰 다. 삼거리의 위치에서 떨어지지 않기 위해서였을까. 물을 찾으러 멀 리 돌아다니지도 않고 얼음에 혀를 댈 뿐 여전히 자신의 자리를 지키 고 있었다. 그런데 견공의 독특한 행동이 있었다. 하얀 차만 지나가면 따라가는 것이었다. 그 미스터리한 행동의 이유뿐만 아니라 한결같고 하염없는 기다림의 이유를 동네 주민의 말 한마디를 통해 알 수 있었다. "흰 차를 끌고 태워 와서 버렸어, 쟤를."

삼거리에서 버렸기 때문에, 삼거리를 떠나지 못했으리라. 버렸다고 생각하지 않기 때문에, 흰 차만 보면 주인이 온 줄 알고 따라가는 것이었으리라. 한 사람이 산책을 하는 척, 견공을 데리고 걷더니 자신을 따라오는 줄 알면서도 급하게 차를 타고 도망갔다는 것이다. 견공은 끝까지 쫓아가려 해보았지만 속도를 따라가지 못하고 그 삼거리에 홀로 남겨졌다고 했다. 멍멍해졌고 먹먹해졌다. 믿음의 모습이 있다면, 이러한 것이라고 삼거리 견공은 보여주고 있었다.

도로에 버렸지만, 그 도로에서 멍하니 주인을 향해 지켜보는 일은 사람은 할 수 없는 믿음 아닌가. 사실, 견공이라는 표현은 개를 인간으로 빗대어 표현하는 것이기에 수정되어야 한다. 사람은 개만큼 믿음의 모습을 보이지 못한다. 역시, 개만도 못한 사람이라는 표현도 반드시 수정되어야 한다. 개는 배신하지 않기 때문이다. 최소한 자신에게 사랑을 주는 사람, 주인으로 모신 사람을 물지 않는다.

물론, 이러한 믿음을 바보 같다고 할 수 있겠다. 버린 것을 버렸다고 알 수 있어야 하지 않냐는 반문도 가능하다. 인간은 개와 달리, 상황을 판단할 수 있는 이성적 동물이라고 말할 수도 있겠다. 그러나 개는 자신이 한 약속을 지키는 것이지, 바보 같은 판단력으로 기다리고 있는 것이 아니다. 또 바보 같으면 어떤가? 인간이 저버린 믿음을 자신만큼은 온몸으로 지키고 있지 않나.

인간은 말로써 믿음을 표한다. "너만 사랑할게. 영원히 함께하자" 하는 언어로 표현하고, 타인과 바람이 나기도 한다. 또 "군대 이 년 정도야, 반드시 기다릴게" 하고는 한 달 만에 남자 친구에게 이별 통보를 하며, 군 제대를 기껏 기다려준 여자 친구를 배신하기도 한다. 말이 얼마나 연약한지, 유려한 말들이 믿음과는 하등 관계가 없다는 것을 여실히 보여주고 있다.

손택수 시인의 '흰둥이 생각'이라는 시에서 어린 시적 화자가 보신탕감으로 잡힐 흰둥이를 풀어준다. 멀리멀리 도망가라고 말하며. 하지만 다음 날 아침 흰둥이는 바보처럼 다시 집으로 돌아와 밥그릇을 바닥까지 달디달게 핥는 모습을 한다. 어린 화자는 울음을 터뜨린다. 개장수의 오토바이에 끌려가면서도 흰둥이는 그 어린 화자를 혀보다 축축이 젖은 눈빛으로 핥아준다. 아무리 집에서는 아버지 약값을 위해 흰둥이를 팔려 했다지만, 어린 화자는 결코 이해할 수 없는 상처가 됐으리라. 자신이 팔려가도 흰둥이는 끝까지 주인을 믿었다. 그게 진짜 믿음이다.

사랑에서 딱 삼거리 견공만큼의 믿음이 있으면 좋겠다. 말보다 몸으로 증명할 수 있는 행동이 뒤따르면 좋겠다. 그렇다면 누구도 추운 삼거리에 누군가를 버리지 않을 것이며, 누군가가 그 추운 삼거리에서 하염없이, 한결같이 기다리는 일도 없을 테니까.

Chapter 7
권태기, 사랑의 유통기한

당신의, 우리 모두의 식어버린 사랑 이야기

흔히 사람들은,
사랑은 '설렘, 두근거림, 열정'이라고
생각합니다.

영화도 드라마도
연애 초기의 모습만을 다루게 마련입니다.

그래서일까요.
더 이상 설레지 않고
두근거리지 않고
열정도 생기지 않을 때

즉, '편하게 느껴질 때'
사랑은 식었다고 생각합니다.

그러나
진실은 어떨까요.

'설렘, 두근거림, 열정'은
순간이며 일시적이어서
사라져버리지만
'편하다는 감정'은
공기처럼 쉽게 느낄 수 없어도
항상 곁에 있습니다.

한마디로, 소중합니다.

그럼에도
설레지 않아서,
두근거리지 않아서,

열정이 식어서
소중함을 느끼지 못한 채
많은 연인이,
지구 끝까지 사랑했던
그 연인들이 헤어집니다.
이별합니다.

시간이 지나 비로소
얼마나 그 감정이
소중한 것이었는지
식어버린 것이 아니라
편해질 만큼 하나가 됐다는 것을,
얼마나 소중한 것이었는지
깨닫게 됩니다.

왜 미처 알지 못했을까요,
당신이 없으면
내가 숨 쉬는 것조차 어렵다는 것을.

당신이 없으면
이 세상에서 가장 불편해진다는 것을.

#1. 처음 사랑에 빠지면?

- -

모든 세상이 아름다워 보입니다.
다음의 증언처럼!

A군 : 그녀가 들어오는 순간
다른 사람은 보이지 않았어요.

B양 : 그를 처음 보는데
심장이 두근거려서
쳐다볼 수가 없었죠.

C군 : 저도 모르겠어요.
사귀고 난 뒤로는 모든 게
아름다워 보여요.

2. 사랑에 빠지면 왜 콩깍지가 씌는 걸까?

- -

사랑에 빠지면
다른 사람들은 보이지 않고,
그 사람만 보이게 된다는
신기하고 이해할 수 없는
경험들을 하게 됩니다.

심지어 자기가 바라보는
모든 것이 아름답다고까지 하니,
정말 범지구적인 차원에서
사랑과 연애를 독려해야 하는 게
아닐까 싶습니다.

도대체 왜 이렇게 사랑에 빠지면,
다른 사람들은 보이지 않고
그 사람만 보이며
모든 세상은 아름답게만 느껴지는 것일까요?

바로 이러한 효과를
'핑크렌즈효과(Pink lens effect)'라고 합니다.

핑크렌즈를 낀 것처럼
온 세상이 분홍빛으로 보인다고 해서
붙여진 이름입니다.

누군가를 사랑하게 되면
뇌에서는 즉각적인 반응이
일어난다고 하는 견해가 있습니다.

좀 어려울 수도 있는 만큼
천천히 쉽게 알아보겠습니다.

#3. 꼬리핵의 활성화, 그리고 300일

대뇌는 정신 활동의 중추를 담당합니다.
우리가 사랑하는 사람을 만났을 때
대뇌에 위치한 '꼬리핵'이라는 부위가
가장 활성화된다고 합니다.

꼬리핵은
인간이 포유류로 진화하기 전에도
존재했던 원시적인 뇌인데,
판단하지 않고도 활성화되는 부위로
대뇌에서 '본능'을 관장합니다.

꼬리핵이 활성화되면
이성보다 감정, 본능에
충실해집니다.

사랑에 빠지게 되면
신경전달물질이 폭발하고
네 가지의 호르몬,
러브 칵테일이 생깁니다.

즉,
페로몬,
도파민,
페닐에틸아민,
옥시토신 등이 그것이죠.

이 러브 칵테일의 영향을
가장 많이 받는 부분이
바로 꼬리핵입니다.

특히 도파민의 분비가
급격하게 늘어나는데,
이 호르몬은
흥분, 쾌감, 주의 집중을 일으켜
사람들을 행복하게 만들고
미소 짓게 한다 합니다.

혈색까지 좋게 한다고 하니,
'사랑하면 예뻐 보인다'는 말은
사실일 것입니다.

하지만 이처럼 꼬리핵이

러브 칵테일로부터
반응을 받아 즐거움을 느끼고
'핑크렌즈효과'를 경험하는 것도
300일 안팎이라고 합니다.

실제로 2005년 KBS의 프로그램
〈감성과학다큐-사랑〉에서는
100일가량 사귀었을 때의 뇌와
그 후로 200일을 넘어
300일가량 사귀었을 때의 뇌를
스캔해보았습니다.

300일이 되고 난 뒤로는
꼬리핵이 활성화되는 정도가
현저하게 줄어들고,
이성을 관장하는 '피질' 부위가
활성화되는 결과를 보여주었습니다.

즉, 300일이 지난 뒤에는
본능보다는 이성이
작동하게 된다는 것입니다.

#4. 사랑은 시들어가고, 900일이 기준이다

코넬대학교의 신시아 하잔 교수도
열정적 감정을 느끼는 기간은
평균적으로 18개월에서 30개월이라는 것을
5천여 명을 대상으로 검증했습니다.

그는 그것을 '900일의 폭풍'이라고
표현했습니다.

인류학자 헬렌 피셔 교수도
사랑에 관해 이렇게 말합니다.

"사랑은 정말로 시들어간다.
여기에는 생물학적인 이유가 있다.
먼저 열정적인 사랑에 빠져 있으면
과도한 성생활로 돈도 벌 수 없게 되고
양육도 불가능하게 된다.

그뿐만 아니라 엄청난 에너지를 사용하기 때문에
신체적인 면에서도 대가를 치르게 된다.”

어쩌면 인간이라는 동물은
애초에 사랑의 유효기간을
900일이 넘지 않게
생물학적으로 설계되어
있는지도 모르겠습니다.

그럼에도
많은 이가 교제 100일 즈음의 느꼈던
설렘, 흥분, 쾌감을
'사랑'의 모든 모습이라고 착각합니다.
그러다 300일 즈음 핑크렌즈를 벗게 되어
권태기를 겪고 이별하기도 하죠.

혹, 그 권태기를 잘 극복했다고 하더라도
900일 내로 '사랑'이라는
감정의 시듦을 느끼고…….

#5. 사랑은 달콤하지만은 않다. 그러나 영원할 수 있다

'사랑의 유효기간이
900일이 넘지 않게
생물학적으로 설계되었다'라는
명제가 진리라면?

그것은 900일을 넘은
모든 커플과 부부에 대해서는
설명할 수 없게 됩니다.

900일이 넘었다고 해서
모든 커플이 헤어지지 않습니다.

오히려 900일이 넘어서도
서로 사랑하고,
살게 되는 경우가
더 많습니다.

어쩌면 사랑이란
달콤한 것만이 아닌,
서로 노력함으로써
관계를 유지할 수 있는 것일지 모릅니다.

달콤함이 전부는 아니지만,
달콤함을 유지하기 위한 노력은
사랑의 유효기간에 방부제가 될 것입니다.

어쩌면 1000일, 즉 900일이 지나고도
100일간 더 사귄 커플들의
1000일의 기념이야말로
진짜 달콤한 사랑을 넘어
쌉쌀한 사랑을 느껴본
결과일지도 모르겠습니다.

달콤함과 진짜 사랑을 착각하지 않는다면
더 노력해야 합니다.
그럴 때 우리의 사랑에 유효기간은 없을 것입니다.

달콤한 약은 없다, 첫사랑이 그렇듯

시퍼렇게 차가운 밤이었다. 그날 밤, 그녀는 그에게 "우리 잠시 떨어져 지내자"라고 했다. 국내 굴지 대기업의 S급 인재로 인정받던 20대 후반의 그는 정말 그녀에게 잠깐의 시간이 필요한 줄로만 알았다. 그리고 2주 뒤에야 깨달았다. 그 말이 누구나 아는 이별 통보였다는 것을!

그녀의 말을 번역하기까지 2주나 걸린 이유는 간단했다. 첫사랑이 었기 때문이다. 만약 그가 사랑에 실패해봤다면, 그 말이 얼마나 예의 바른 이별 통보였는지 쉽게 눈치챘을 것이다. 돌아보면, 그는 대학 시험 때마다 족보를 활용했고, 취업을 위해서 8주간의 인턴생활까지 했었다. 하지만 사랑에는 족보도, 인턴 기간도 없었다. 사랑에는 예행이 불가능하기에 예측도 불가능했다.

엘리트였던 그에게도 이별은 어느 수업보다 어려운 과목이었다. 원하는 대로 착하게 잠시 떨어져 있어주었지만, 그녀는 끝내 돌아오지 않았다. 그는 지독하게 붙잡았고, 그때마다 매정하게 거절당했다. 지옥 같은 시간이 이어졌다. 1년 가까이 사귀어오던 그에게, 그녀와의 이별은 차라리 두려운 고백의 순간보다 어려운 과정이었다.

첫사랑은 풋사랑과 구별되어야 한다. 풋사랑은 아무것도 모르는 순수하고 순진한 두 사람이 만나는 것이다. 하지만 첫사랑은 풋사랑처럼 향기롭거나, 새콤달콤하지 않다. 첫사랑은 오히려 잔인하고, 쓰디쓰다. 첫사랑이라는 표현부터 아이러니하게 '다음 사랑'이 있다는 것을 의미하지 않는가. 사랑에 차례를 매기는 것부터 너무나 씁쓸하다.

그러나 결국 그 첫사랑이 끝나면 또 다른 사랑이 온다. 순서를 매길 필요가 없는 성숙한 모습으로! 015B의 노래 제목처럼 대부분의 일은 사실 '처음만 힘들지' 않은가. 첫 출근, 첫 만남, 첫 키스처럼 말이다. 출근이 익숙해질수록, 만남이 거듭될수록, 키스의 긴장감이 줄어들수록 그것들은 대수롭지 않게 된다. 사랑은 그렇게 대수롭지 않게 온다.

첫사랑의 모양이 있다면, 안개가 자욱한 미로 속에서 헤매는 아이의 모습일 것 같다. 물론 그 아이는 빠져나오지 못해 펑펑 눈물도 흘리겠지만. 그래도, 괜찮다. 아이는 어른이 될 테니까. 첫사랑이 결국 '쓰디쓴 약'이 되어 사랑을 아프지 않게 할 테니까. 아이가 어른이 되는 마법은 없다. 오직 시간만이 아이가 빠져나오지 못한 미로의 해답을 찾아줄 것이다.

그녀의 말을 이별 통보로 번역하기까지 2주나 걸렸던 그. 온몸으로 성장통을 겪은 그에게 다음 미로는 이전보다 익숙할 것이다. 어느새 훌쩍 커버렸기에! 한껏 커진 키로, 어린 날 턱걸이를 하던 철봉을 내려다보는 심정으로 사랑의 미로를 들여다볼 것이다.

Chapter 8
남자가 관심 있는 여자에게 하는 표현

남자는 마음에 드는
여자가 있을 때
특정한 '표현'을 통해
관심을 드러내곤 합니다.

물론 그럼에도
우리가 경계해야 할 것이 있습니다.
바로 '성급한 일반화의 오류'입니다.
분명 모든 남자가 100퍼센트
그렇지는 않을 것입니다.

그럼에도 대개의 남자들이
관심 있는 여자가 생길 때
하는 '질문 경향'이 있습니다.
이를 알아두는 것도 나쁘지 않겠죠?

걸그룹 포미닛의 노래 제목이기도 했죠.
사실, 이름이 무엇인지 묻는 것은
남자들에게 남다른 의미를 갖습니다.

앞으로도 알고 싶은 사람이냐,
아니면 오늘 보고 말 사람이냐를
판단하는 기준이 될 수도 있지요.

김춘수 시인은 시 '꽃'에서
이름을 불러주기 전에는
몸짓에 불과하다고 했죠.

그래서 이름을 묻는다는 행위는
무의미한 존재가 아니라,
나에게 의미 있는 존재로서
알고 지내고 싶다는 심리가 바탕이 됩니다.

번호를 묻는 남자보다
이름을 묻는 남자가 있다면
더욱 눈여겨봐야 하는 이유입니다.

#2. 주말에 주로 뭐 하세요?

- -

보통 여자들의
대화 목적이 '친교'에 있다면
남자들의 대화 목적은 친교보다
'정보 수집'에 더 무게가 실려 있습니다.

여자들은 처음 만나는 사람과의 관계에서도
'유대감'을 형성하기 위해,
이것저것 관심을 보이기도 합니다.

사실, 주말에 무엇을 하는지 묻는다는 것이
정말 그 사람의 '주말 시간'이 궁금한 것이 아니라,
'물어볼 정도로 친해지고 싶어 하는 마음'
그것을 드러내는 것이죠.

친교를 위한
적절한 행동을 취한다고 볼 수 있습니다.

그러나 남자들은 친교를 위해서
이것저것 물어보고 시시콜콜 캐내는

그런 경향이 적습니다.

대신 자신이 필요한 정보를
콕 집어서 물어봅니다.

예컨대 나이를 물어보는 것은
상대의 유대감을 확보하기 위함이라기보다
서열을 정리하여 자신이 취해야 할
태도를 갖추기 위한 정보 수집입니다.

결국, 남자가 '주말에 주로 뭐 하는지'를 물어보는 것은
그 사람과 친해지고자 하는 친교의 표현이 아니죠.

그보다는 '주말에 무엇을 하는지'를 통해
공감대 형성을 위한 취미 정보를 획득하거나
데이트가 가능한 시간대의 정보를
수집하려는 의도로 볼 수 있을 것입니다.

마음에 드는 남자가
위와 같은 질문을 했다면
'취미생활이나 넉넉한 시간'을
어필하는 것이 좋겠죠?

#3. (음식) 뭐 좋아하세요?

- -

"먹는 거 뭐 좋아하세요?"

남자들의 이 질문은
다음 만남을 고려한 것입니다.

연인들의 데이트에서
중요한 부분을 차지하는 게
'식사'이기 때문입니다.

서로의 궁합을
좌지우지하는 것 중 하나가
'입맛'입니다.

입맛이 맞아야
함께 교감을 이루기도 쉬울 테지요.
번번이 메뉴 선정에서 미스가 나도
충돌하기 십상입니다.

내 취향을 알려주기보다
상대의 입맛을 파악하려는 질문은
내 입맛보다 당신의 입맛을 따르고 싶다는
관심 표현으로 볼 수 있습니다.

#4. 결론

앞선 질문들의 공통점이 있습니다.
무엇일까요?

모두 의문사 무엇(what)이
쓰인다는 것입니다.

사실, 남자 대부분은
자기 학업이나 업무 외의
또 다른 정보들을 더 알아가는 걸
굉장히 피곤해합니다.

여자들은 수다로 힘을 얻는 반면,
남자들은 수다로 힘을 소진합니다.
많은 경우 그렇습니다.

그럼에도 질문하면서
누군가에게 호기심을 갖는다는 것은
그만큼 관심 있다는 표현이겠죠?

남자들의 호기심은
호감의 표현입니다.

모두 그렇게 시작하잖아

간혹 시작이 어렵다는 상담을 접하게 된다. 좋아하는 사람이 생겼는데, 어떻게 친해져야 할지 모르겠다고……. 고시에 붙기 위해서는 합격 수기를 읽고, 취업하기 위해서는 취업 스터디를 하면 되는데, 사랑 앞에선 이런 방식들이 딱히 통하지 않는다. 연애 기술이 생각해보면 일반화된 성질의 것이라, 모든 상황에 딱 들어맞는 게 있을 리 없다. 특히 내가 좋아하는 그 사람 앞에서는 각종 처세술이 무의미해지기 십상이다.

그 사람과 잘되고 싶다면, 시작을 잘하겠다는 강박부터 버리는 것이 좋다. 지나치게 능숙하고, 깔끔한 시작은 없다고 생각하라. 만약 시작이 어렵지 않다면, 기존에 반복된 패턴이었거나 진짜 좋아하기보다 가벼운 마음이기에 가능할지 모를 일이다. 애초에 세련된 시작이란 없다. 한 폭의 그림을 한 획의 붓질로 완성할 수 없듯, 서툴더라도 일단 시작하는 것이 좋다. 따지고 보면, 모두 그렇게 시작한다. 훗날 운명이라는 이름으로 첫 장면을 포장하곤 하지만, 알고 보면 모두 촌스럽고 머쓱한 시작이었다.

서툴지만, 그렇게 시작하자. 궁금하다고, 호기심을 드러내며 다가가는 것이다. 처음부터 "정말 당신을 보고 반해버렸어요" 하는 식의 밑도 끝도 없는 대시가 아니라, 서툴지만 궁금하다는 호기심을 드러내며 다가가는 것이 일반적인 시작이다. 좋아한다는 표현을 처음부터 내보이면 상대방을 달아나게 만들 가능성이 높으니, 그 전에 달아나지 않고 가까워질 수 있도록 서로를 알아가는 것이 좋다.

이때에는 의문사 무엇(What)을 단계적으로 활용해보는 것이 효과적이다. 먼저, '이름이 무엇인지' 묻는 것에서 시작하자. 이름을 묻는 것이 번호를 묻는 것보다 '의미 있는 첫 번째 질문'이다. 명함을 통해 아는 사무적인 시작보다 더 좋은 방법은 직접 묻는 것이다. 통성명은 나름의 경계를 허물어 서로의 이력을 찬찬히 확인할 계기가 된다.

다음은 '주말에 무엇을 하는지' 묻는 것이다. 대화의 목적은 크게 두 가지다. 하나는 친교 형성이고, 다른 하나는 정보 수집이다. 주말에 무엇을 하는지 물어보는 이유는 당연히 정보 수집을 위한 과정이 되어야 한다. 취미를 알아야 공감대를 형성할 수 있으며, 일정을 알아야 데이트 신청도 할 수 있을 것이기 때문이다. 처음 시작하는 단계에서 정보 수집이 선행되어야 친교도 가능해진다. 처음부터 친교를 위해 거짓 리액션을 하는 것보다 정보 수집을 바탕으로 거리를 좁혀가는 것이 바람직하다.

마지막으로 '무슨 음식을 좋아하는지' 묻는 것이다. 데이트 중에서 빠지지 않는 것은 먹을거리다. 최근 방송에서도 '먹방'과 '쿡방'은 필수처럼 인식되고 있는 것만 봐도 '먹는다는 것'이 삶에서 얼마나 큰 지분을 가지는지 알 수 있다. 남녀관계에서 세 시간 넘게 데이트를 한다면, 영화는 보지 않더라도 밥은 함께 먹게 마련이다.

하다못해 커피나 간단한 음주를 할 수도 있을 것이다. 커피를 좋아하는지, 스시를 좋아하는지 등등의 질문을 통해 미리 확인해야 데이트도 즐거울 수 있다. 궁합을 좌지우지하는 것 중 하나가 입맛이니까. 입맛이 맞아야 교감도 쉽게 이룰 수 있다. 그러므로 이는 시작 단계에서 훌륭한 관심 표현이 된다.

'무엇인지 묻는 것' 자체가 중요하다. 자꾸 물어야, 답이 나오기 때문이다. 그래야 상대방이 어떤 사람인지, 어떻게 표현해야 하는지 알 수 있다. 알게 되면, 정하지 않은 대상을 이르는 부정칭대명사 '무엇'으로 남아 있는 것이 아니라, 다른 것들과 구별하여 부르는 고유명사로서 상대방에게 다가갈 수 있다.

세상의 모든 시작은 서툴다. 서툴다는 것을 이해하지 못하고, 그 서툰 모습을 매력적으로 바라보지 못하는 사람이라면 어차피 내 인생 마지막까지 함께할 수 없을 것이다. 그 서툰 모습조차 좋게 봐주고 이해하고 내 마음을 받아줄 사람이어야 세상의 끝까지 함께할 수 있는 것이다. 내 서툰 시작조차 이해해주는 그 사람은 분명 어딘가에 있다.

love you

Chapter 9
사랑한다면 해선 안 될 말

말의 힘은
생각보다 더욱 강력합니다.

"그림에 뛰어난 소질이 있구나?"
유년 시절,
선생님의 칭찬 한마디는
자신의 삶을 화가로
결정하게 만들기도 합니다.

"키가 작은 남자는 별로야."
짝사랑하던 사람의 이 한마디는
평생 키 콤플렉스를 품에 안은 채
살아가게 만들기도 합니다.

말은 그렇게
'희망'이 되기도 하고
'상처'가 되기도 합니다.

#1. 상처의 거리
- -

생각해보면
상처는 가까운 사람이 주게 됩니다.
가족, 친구와 같은
친밀한 관계의 사람들.

가까운 만큼
편하게 대하는 것이 아니라,
가까운 만큼
조심해야 합니다.

만약 나의 절반을 허락한 사람이
실수로 상처를 주는 말을 했다면?

만나는 내내,
아물지 않은 생채기를
지니게 될지도 모릅니다.

이제 특히 연인 간에,
사랑한다면 해서는 안 될 말을

살펴보겠습니다.

사랑한다면 해선 안 될 말 첫 번째!
"그냥 헤어지자."

헤어지자는 말은
진짜 이별을 결심했을 때
그때 해야 합니다.

그냥 만난 것이 아니라면
그냥 헤어지자는 말을
그냥 내뱉어서는 안 됩니다.

헤어지자는 말을 언급하는 것은
관계의 위태로운 씨앗이 되기 때문입니다.

엄마가 "그냥 널 버리겠다"라는 말을
아이한테 쉽게 해서는 안 되는 것과
같은 이치입니다.

그 말을 들은 아이는 엄마가 어느 날
자신을 버릴지도 모른다는 생각에
계속 불안해합니다.

엄마를 사랑해서 말을 잘 듣는 것이 아니라,
버림받는 것에 대한 불안감으로 말미암아
엄마 말을 잘 듣게 되겠지요.

쉽게 올린 건물은
쉽게 무너지고 맙니다.

"그냥 헤어지자"는 말로
당장 상대방에게 불안감을 심어주고
상황을 뜻대로 만들 수도 있습니다.

하지만 그 위태로움의 씨앗은
끝내 진짜 이별을 야기할 수 있음을
명심해야 합니다.

사랑한다면 해선 안 될 말 두 번째!
"예전 같지 않아, 변했어."

예전과 똑같은 행동을 하는
사람은 있을 수 없습니다.

시간은 흐르고,
남자도 여자도 모두 변하니까요.

그럼에도 과거의 모습이 그리워
"예전 같지 않아, 변했어" 하면서
상처를 주는 경우가 적지 않습니다.

먼저 돌아보아야 합니다.
당신은 예전과 다르지 않게
변함없이 대해줬는지 말이죠.
천만에요.
결코 그럴 수 없을 것입니다.
왜냐하면 과거와 현재는
명백하게 다른 시간이니까요.
과거의 향수 때문에
현재의 시간을 부정하는
실수를 해서는 안 됩니다.

현재의 우리는
많은 실수를 이겨내고
단단해졌지요.
달리 말하면,
깊어져 있진 않던가요?

그래서 과거를 지나,
과거를 그리워할 정도의

현재의 시간을 쌓았을지 모릅니다.

비록 지금은
예전의 얕은 시냇물처럼 투명하게
마음이 보이지 않을지라도,
깊은 바닷물처럼
한결같이 곁에 있지 않던가요?
생각해보면
과거는 이미 온전히
우리의 것이지 않던가요?
이제는 현재와 미래를
지켜내야 하는 말들을 해야 합니다.

사랑한다면 해선 안 될 말, 세 번째!
"……."

가장 쉬운 실수는
침묵입니다.
침묵이 금이라는 격언은
연인관계에서만큼은
예외라고 말하고 싶습니다.

성향이 다를 수는 있지만,

침묵이 길어진다면
신뢰는 무너지게 됩니다.
누군가는 그 침묵의 끝을
한없이 기다려야 하며,
그 시간 동안 끝없이
무너져야 하니까요.

생각할 시간이 필요하다면
"생각할 시간이 필요하다"라고,
지금 떠오르는 말이 없다면
"지금 떠오르는 말이 없다"라고
해주는 것이 좋습니다.

그렇게 말해야
침묵의 권리도 얻을 수 있습니다.
하지만 침묵의 권리에는
반드시 침묵을 해명할 의무도
따른다는 점을 알아야 합니다.

공백의 시간이 길어질수록
무책임하게 방치된
상대의 상처도 깊어진다는 사실을
알아야 합니다.

#2. 그 말의 반대 지점

문득,
사랑한다면 해선 안 될 말들의
반대 지점을 고민해봅니다.

"그냥 헤어지자"의 반대 지점은
"우리 꼭 헤어지지 말자"이죠.

"예전 같지 않아, 변했어"의 반대 지점은
"예전보다 더 잘해줄게,
변했다고 느끼지 않도록"이죠.

무책임한 '침묵'의 반대 지점은
책임 있는 '표현'일 것입니다.

사랑한다면 해선 안 될 말의
반대 지점에서 치유의 말들을
찾을 수 있을 것 같습니다.

당신의 집 앞에서

집 앞은 시작하는 연인에게 가장 중요한 공간적 배경이 된다. 그것
도 남자의 집 앞보다 여자의 집 앞이 그러하다. 그곳은 남자가 여자에
게 호감이 있다는 것을, 데려다주는 것을 통해 간접적으로 보여준다.
일종의 영역 표시 같다. 매일 데려다줄 수는 없어도 그처럼 집 앞까지
함께 가는 일은 내가 당신의 영역에서 함께하고 싶다는 의미가 된다.

만약 여자가 남자에게 자신의 집 앞까지 데려다주는 것을 극구 거부
한다면, 그만큼 내 영역에 침범하지 말았으면 하는 거리 두기로 해석
해도 좋다. 두 번 이상 데려다주겠노라 했음에도 거절한다면 진짜 거
절로 해석하는 것이 좋다. 그러나 데려다주는 것을 한 번 사양했지만
두 번은 사양하지 않는다면, 여자 역시 남자에게 자신의 영역을 공유
하고 싶다는 의사로 해석해도 좋다.

그렇게 그녀의 집 앞을 허락하게 되면, 머지않아 두 사람은 연인이될 것이다. 그리고 그 집 앞은 가장 간절한 공간이 될 것이다. 두 사람이 헤어지기 싫어 손을 꼭 잡고 있는 곳이 되기도 하고, 사람들의 눈을 피해 키스가 이뤄지는 공간이 되기도 할 것이다. 집 앞은 결국 두사람의 사랑을 담기에는 부족하므로 끝내 '집 안'을 탐색하려고 할 것이다. 남자는 단 한순간도 헤어지기 싫은 여자를, 결국 '(집)안사람'으로 만들기도 하지 않는가.

하지만 연인이 이별한다면 이야기는 달라진다. 헤어진 이후에 그 집앞은 가장 쓸쓸한 장소가 된다. 주인 없는 전단지가 날아다니듯, 추억만 덩그러니 있는 영역으로 전락한다. 데려다주는 것에 익숙해졌던여자에겐 남자의 빈자리가 크게만 느껴진다. 익숙했던 체온도 사라지고, 주홍빛 가로등도 차갑게만 느껴진다. '차라리 데려다주지 않았다면 어땠을까?' 하는 생각이 들 정도로 원망스러운 공간이 된다.

남자는 헤어진 이후에도 그녀를 그리워하며 다시 밟아보는 그리움의 장소가 되기도 한다. 창가를 멍하니 바라보기도 하고, 우연히 마주치진 않을까 서성거리며 배회하는 장소가 되기도 한다. 혼자 있을 때울고 있지는 않을지 궁상맞게 생각하는 장소가 되기도 한다. 대중가요 노랫말처럼 걱정스런 마음에 들러본 거라지만, 사실은 걱정보다보고 싶어서 들렀을 테니까.

Chapter 10
이별의 민낯, 이별 후유증

Love and a cough cannot be hidden.

사랑도, 기침도 모두 숨길 수 없다구요?
그래도
결국 모두 지나가잖아요.

정작 숨길 수도 없고
지나가지도 않아 현재에 남아 있는 것,
이별입니다.

이제 살펴볼 것은
이별의 민낯,
이별 후유증입니다.

#1. 외로움

- -

따뜻한 품이 없고,
익숙한 향기가 없고
그대 손길이 없다는 것.

그 수많은 '없는 시간'을
혼자 견디는 일은
녹록지 않아
외로움을 한 움큼 줍니다.

'외롭다, 외롭구나!
인간이란 외로운 거야.'

혼자 태어난 것은 괜찮았지만
혼자 살아가는 것은
어려운 일임을
시간으로, 몸으로 깨닫습니다.

#2. 결핍

눈물을 왈칵 쏟아내는 것은
당신이 없어서가 아니라
당신의 시간에
내가 존재하지 않음을
깨달았기 때문입니다.

우리의 20대 때
우리가 존재했지만
우리의 30대에는
서로에게 존재하지 않을 거라는 사실.

그 결핍!

찬란함마저 퇴색되어
추억으로 남을 사실이
마음을 먹먹하게 할 뿐…….

누가 무엇을 잘못했고
무엇이 그것을 초래했고
우리의 타이밍이 어떠했는지 등등…….

이별의 과정에서
무엇이 그토록 중요했을까요.

지금 느끼는 결핍이
가장 무서운데…….

#3. 여행

어딘가로
떠난 이유는
당신이 떠나서…….

그래,
어쩌면 여행은
이별이 초래하는 것.

같은 공간에 있다는 것만으로
숨 쉬기 어려울 정도로 힘들 수 있기에…….

같이 걷지 않았던 길을 찾아
같이 숨 쉬지 않은 공간을 찾아
같이 손잡지 않았던 하늘을 찾아…….

떠나서, 떠난다.

#4. 금단

'독립적인 어른이 아니라
상당히 의존적인 아이였구나.
나는 아이였어.'

우리가 사랑하는 것을 넘어
중독되었다는 것.
엄마 품을 그리워하는 아이처럼…….

당신과 닮은 뒷모습에 놀라는 모습,
당신과 함께 본 방송이 그 시간에 하면
사무치게 그리워서
떨린다.

금단현상.
이토록 의존되어 있던 우리.

담배는 값이 오르기 전에 사두면 되지만
이별은 그 시기를 몰라
더 사랑해주지 못했구나.

무너지고 싶다, 격렬히 무너지고 싶다!

지나간 일은 미화되게 마련이다. 그렇게 툴툴대던 군생활도 다 끝나면 '한 번쯤은 누구나 다녀올 법하다'고 포장되며, 힘들었던 고3 수험생활도 '오히려 고3 때가 재미있었던 것 같다'며 윤색된다. 복사기 앞에서 땀 삘삘 흘리던 인턴 시절도 '그때가 참 단순한 일뿐이어서 몸은 힘들어도 마음은 편했다'며 멀찌감치 떨어진 마음으로 회상된다.

하지만 그렇게 끝내 미화되지 않는 것이 있으니, '이별'이다. 군대는 전역하고, 수험생활은 끝나게 되고, 인턴생활 이후 취업을 할 것이다. 하지만 이별은 그다음이 없다. 이별 후, 아름다웠다고 덤덤히 추억할 수 있다면 두 가지 중 하나다. 애써 거짓말을 하고 있거나 애초에 많은 사랑을 주지 않았거나!

아이들이 원하는 것들이 충족되지 않을 때, 관심을 갖길 바라며 흔히 하는 행동이 있다. 학교를 가지 않겠다고 떼를 쓰거나 밥을 먹지 않는 것으로 시위하는 것, 일종의 자기 파괴다. 이러한 자학은 사랑의 부족에서 기인한다. 부모가 맞벌이를 하거나 형제 중 누군가만 편애한다고 생각할 때 주로 나타나기도 하고…….

이별 후유증도 그러하다. 진심을 다해 사랑했다면, 많은 사랑을 준만큼 이별을 겪으면 무너지고 싶어진다. 그냥 무너지는 정도가 아니라, 격렬하게 스스로를 파괴한다. 학업도 내팽개치고, 업무는 태업으로 일관하며, 일상에 대한 시위를 한다. 사랑할 마음의 공간조차 없지만 소개팅을 적극적으로 시도하기도 한다.

이 격렬한 무너짐은 물론, 이별의 객체일 때 더욱 뚜렷하다. 준비되지 않은 상황에서 재난처럼 닥쳐오는 이별은 자책으로까지 이어진다. 자신의 행동과 성격들이 달랐다면 어땠을까 하는 책망으로 이어지기도 한다. 하지만 성격이 달랐다면 애초에 그 사람이 나를 좋아하지 않았을 수도 있고, 성격이 달랐다면 본래의 내가 아니지 않겠나.

어떤 일이든 가해자가 아닌, 수동적 객체는 분노가 생긴다. 설사 내마음도 이별이라는 가해를 준비하고 있었다 할지라도 이별을 당하는 것은 증오로 이어진다. 사랑의 반대는 증오가 아니라, 무관심이라고 하지 않나. 증오는 오히려 사랑의 감정과 에너지의 방향만 다를 뿐 그힘은 비슷하다. 오히려 증오는 인화성이 강하여 들불처럼 감정의 폭을 넓히기도 하니까.

  그래서 정확히 말하면 지나간 일이 미화되는 시점은 무관심해질 때
다. 전역해서 미화된 것이 아니라, 대학에 입학해서 미화된 것이 아니
라, 취업해서 미화된 것이 아니라, 결국 전역과 수험생활과 취업에 대
한 무관심이 미화를 만든 것이고, 이별 또한 마찬가지로 그 사람에 대
한 마음이 무심해질 때 비로소 미화될 수 있을지 모르겠다.

  더 이상 그 사람의 안부가 궁금하지 않을 때, 그 사람의 SNS 접속마
저 귀찮아질 때, 그제야 지나간 이별조차 덤덤히, "그땐 그랬지" 하며
곱씹을 여유가 생길 터! 그래야 다시 그 무너진 자리에 새로운 사람이
찾아올 틈이 생기지 않을까.

love you

Chapter 11
첫 만남과 끝 이별의 공통점

사랑이
지나간 자리에는
그 흔적이 선명합니다.

연인들이 지나간
눈길의 발자국만
보더라도 그렇듯.

그 발자국이 끝날 무렵,
그러니까 사랑이 지나간 뒤
두 가지의 습관이 생겼습니다.

하나는
타인의 모습을 '인내'하기보다
'이해'하려고 노력하는 습관.

당신의 모습을
깊이 이해하려 하기보다
그저 인내만 했다는 것을
뒤늦게 알았기 때문에…….

다른 하나는
눈을 감는 습관.

눈을 뜨고 있으면
보이지 않는데,
눈을 감아야
당신이 보이기 때문에…….

우리의 짙푸른 봄날은
어느 낡은 간이역이 돼버렸습니다.
그럼에도
나는 가끔 그곳에 들러
오지 않을 기차조차 이해하며
눈을 감습니다.

#공통점 1. 익숙할 수 없다

머뭇대는 몸짓,
서툰 단어들.

첫 만남에서, 끝 이별에서,
익숙할 수 있다면
처음이 아니고
끝이 아닙니다.

처음이기 때문에,
끝이기 때문에,
익숙할 수 없는 것입니다.

우리가 함께 보던 TV 취향,
같이 젓가락으로 다투며 먹었던 광어회.

한창 사랑하던 순간들의
데이트는 늘,
익숙하게 느껴집니다.

우리의 시간들이
차곡차곡 쌓이며
발맞추어 걸었던
시간이기 때문입니다.

그러나
첫 만남의 시간은
한없이 가벼워서
당신을 처음 보았을 때
말을 더듬으며
어떻게 해야 할지 몰랐습니다.

마찬가지로
끝 이별의 시간은 힘이 없어,
당신을 제대로 잡을 수도 없었고
진짜 끝을 상상하지 못했기에
돌아서고 말았던 것 같습니다.

그렇게 첫 만남, 끝 이별은
세상에서 가장 우스꽝스럽고
보잘것없는 풍경입니다.

#공통점 2. 때를 모른다

- -

첫 만남과 끝 이별의
때를 알았다면
서툴지 않았을 것입니다.

나는 당신에게
늘어진 니트를
보여주지 않아도 되었을 것이며
당신은 나에게
삐죽 나온 머리칼을
보이지 않았을 것입니다.

하지만
첫 만남은 예측할 수 없었던 순간이기에
어색한 말들로 가득한
이미지만 남아 있습니다.

끝 이별도 다가온 줄 몰랐기에
머뭇대는 몸짓들만
실루엣으로 남았던 것 같습니다.

공통점 3. 믿기지 않는다

우리의 첫 만남처럼
운명 같은 순간이 있을까,
믿기지 않았습니다.

내가 오늘 이 길을 걷게 된 것이,
하필 이 시간에 당신을
이곳에서 만난 것이
너무나 신기했습니다.

그래서 믿기지 않았습니다.

우리의 끝 만남 또한
믿기지 않았습니다.

'아닐 거야, 다시 만나겠지' 하고
'다시 연락하겠지' 하고
안심하던 마음은 불안해지며
끝을 믿지 않는 자존심을 발견합니다.

때를 모르고
믿기지 않고
서툰 첫 만남과 끝 이별.

우리의 재회도

그럴 수는 없을까요.
때는 모르지만,
믿기지 않지만,
익숙하지 않게 말이에요.

첫 만남과 끝 이별이 닮았듯,
재회도 닮았으면 좋겠습니다.

서툴더라도 좋습니다.
믿기지 않아도 믿겠습니다.
때를 몰라도 기다리겠습니다.

바람이 되어
파도를 만들 수 없어도
바다처럼
이 자리에 한결같이 있겠습니다.

함께 살자, 삶의 마지막 순간까지

함께 살면 누군가 먼저 죽을 테고, 누군가 먼저 떠나보내는 일을 맡을 것이다.

그래서 함께 산다는 것은, 죽음을 함께하겠다는 것을 의미한다. 고로, 프로포즈는 '삶의 마지막을 함께하고 싶은 사람을 선택하는 일'이다. 프로포즈가 '청혼 행위'라는 단편적 의미는 재정의되어야 한다. '삶의 마지막 순간을 약속하는 행위'라고 다시 정의해야 한다.

보통의 프로포즈는 남자들이 한다. 그럴싸한 공간에서 촛불과 반지, 그리고 준비된 멘트는 준비되지 않은 것처럼 하는 게 핵심이다. 이런 뻔한 프로포즈는 누구나 받아본 것이기에, 누구나 받아봤는데 나도 받지 않는다면 서운할 정도이다. 그래서 "왜 프로포즈를 안 하느냐?"

는 여자 친구의 투정은 자연스럽다. 탓해서는 안 된다. 그래서일까. 상투적인 프로포즈의 정형을 깨는 장면이 아직도 머릿속을 떠나지 않는다.

김제동이 진행하는 한 TV 프로그램에서였다. 한 여성이 남자 친구 몰래 준비했다며 많은 사람 앞에서 프로포즈를 했다. 그녀는 남자 친구의 '남자도 프로포즈를 받고 싶다'는 말을 놓치지 않았다 했다. 그 말에 감동했고, 전율했다. 여자의 말을 또렷하게 경청하는 남자처럼 남자의 한마디를 놓치지 않은 여자는 얼마나 아름다운가. 떨리는 목소리로 그녀는 남자에게 프로포즈했다.

"많이 놀랐지? 오빠가 남자도 프로포즈를 받고 싶다기에 나도 용기 한번 내봤어. 우리 함께 준비한 결혼식이 드디어 삼 주 남았네. 우리 같이 부대끼면서 힘들게 준비한 만큼 예쁘게 매듭지어보자. 오빠가 예식 때 떨릴 것 같다고 했지? 내가 오빠 손 꽉 잡아줄게, 걱정 마. 그리고 앞으로도 오빠 옆에서 사랑스러운 아내 모습으로 영원히 함께해줄게. 내 남편이 되어줘서 고마워. 오빠도 많이 힘들었을 텐데 나 보고 많이 웃어줘서 고마워. 우리 예쁘게 잘 살아보자. 사랑해. 오빠의 아내가."

촛불과 반지는 없었지만, 용기와 진정성이 있었다. 프로포즈는 남자가 해야 한다는 편견에 맞서는 것은 둘째 치고, 많은 사람 앞에서 자신의 남자 친구에게 "손 꽉 잡아줄게, 걱정 마" 하며 다독이는 모습은 아름다웠다. 눈부시게 빛났다.

　남자 친구도 그녀의 프로포즈를 받을 자격이 있었다. 이유는 두 번이나 프로포즈를 했기에! 처음 프로포즈는 사소한 다툼이 있어서 무산되었다고 했다. 남자 친구는 그녀에게 프로포즈를 두 번이나 할 정도로 마음이 넓었을 것이다. 용기와 진정성이 있는 그녀의 프로포즈, 두 번이나 프로포즈한 남자 친구. 두 사람은 삶의 마지막을 서로에게 허락할 자격이 충분해 보였다.

　결국 우리의 마지막은 초라하고 남루할 것이다. 머리칼은 자꾸만 떨어질 테고, 살은 먹어도 먹어도 빠지고 말 것이다. 허리가 굽고, 주름이 깊어질 터! 화려한 이벤트가 있는 프로포즈가 아니라, '용기와 진정성' 있는 프로포즈가 필요한 이유다.

Love you

Chapter 12
헤어진 남자 친구의 고백

이별 후,
술을 진탕 마시고 고통스러운 일은
숙취 때문이 아닙니다.

숙취의 고통이 끝난다고 할지라도,
이별의 아픔이 멈추지 않는다는 것을
알기 때문일 것입니다.

그걸 알면서도 술을 마시는 이유는
그 모든 것을 잊는 '순간'을 만들기 위해
그토록 술을 퍼부은 것일지도 모르겠습니다.

사실, 그렇습니다.
울음의 주도권이 울음에게 있듯
이별과 이별할 수 있는 능력은
이별을 당하는 사람이나
이별을 행하는 사람
모두에게 없습니다.

그래서 이별과 이별'하기'라는
말 자체는 모순입니다.
이별은
이별이 '되도록' 놓아둘 수밖에 없습니다.

이별이 이별'되는'
가장 큰 힘은 시간입니다.
울음이 터진 아이도,
24시간 울 수는 없습니다.

그러나 시간은
24시간 쉬지 않고
흘러갑니다.

이별은 우리의 곁에서
시간의 힘으로 흘러갈 수밖에 없습니다.

이별의 아픔이
묵묵히 옆을 지나갈 때까지,
그 이별을
겸허히 수용해야 합니다.

우리는 강물의 흐름을 거스를 수도
바다의 질서를 바꿀 수도 없습니다.

이별은 강물과 같고,
시간은 바다와 같습니다.

결국 강물은 바다로 흘러가게 됩니다.

#1. 부족함에 관하여

사랑을
당신에게서 찾으려고 했던 것은
내 사랑이 부족했던 까닭입니다.

사랑을 주는 만큼
받으려 했다면
헤어짐은 제 책임입니다.

#2. 오래됨에 관하여

- -

오래되었다는 것은
낡은 것이 아닙니다.

오래되었다는 것은
깊은 것일 뿐입니다.

깨닫지 못한 만큼
헤어짐은 제 책임입니다.

#3. 실수에 관하여

- -

변명해야 하는 실수를 했다면
그것은 온전히
실수가 아니라 잘못입니다.

변명해도 돌릴 수 없는
실수를 했다면
헤어짐은 제 책임입니다.

#4. 이별에 관하여

- -

이별하려고 해도 중력처럼
자꾸 당신에게 다가가려 한다면
이별하지 말았어야 합니다.

여전히 당신 근처에서
뱅뱅 공전하고 있다면
헤어짐은 온전히 제 책임입니다.

#5. 재회에 관하여

시간을 돌리는 일이
불가능한 일임을 압니다.

어느 영화의 대사처럼
사랑은 시공간을 초월하는
유일한 가치였으면 좋겠습니다.

그런 불가능한 일을
가능하게 하는 것이
사랑일 수 있다면 좋겠습니다.

#6. 크리스마스이브에 관하여

크리스마스보다
이브가 더욱 좋습니다.
아직 다가오지 않았기 때문입니다.

여기서 늘 기다리겠습니다.
당신이 아직 오지 않았지만
당신을 기다리는 일조차 기꺼이 하겠습니다.

그것이 우리의 사랑을
책임지는 일이기 때문입니다.
미안합니다.

그대를 사랑한다며 나를 사랑했다

돌아보면 대부분의 사랑은 그랬다. 온전히 타인을 사랑하지 못했다. 나를 사랑하는 타인의 모습을 사랑했던 것이다. 내 잘못된 습관을 귀엽게 수용해주기도 하고, 내 얼굴의 점까지도 사랑스럽게 봐주는 타인의 모습…… . 뒤집어보면 사랑한다고 했지만, 그 대상이 '너'를 사랑하는 일이 아니라, '나'를 사랑하는 일과 같았다. 나조차 이해하지 못하는 습관, 나조차 마음에 들지 않는 점을 당신은 이해하고 좋아해주었고, 그로써 나의 자존감은 높아지게 되었기 때문이다. 타인의 사랑은 마치 마약보다 더 황홀하다.

'그대를 사랑한다며 나를 사랑하였다'는 고은 시인의 '순간의 꽃'에 나오는 시구이다. 그래, 인간의 이기심을 생각한다면 사랑하려고 사랑하는 것이 아니라, 사랑받으려고 사랑하는 것이라고 해야겠다. 주는 만큼 받으려고 했다기보다 받기 위해 주었을 수도 있다. 받는 만큼 돌려주기보다 받는 만큼 계속 사랑해달라는 의미에서 사랑을 주었을 수도 있다.

내가 그랬다. 점차, 타인이 나에게 주는 사랑의 강도가 줄어들면 불안감이 스멀스멀 올라왔다. 너를 사랑하는 일이 아니라 나를 사랑하는 일이었기에, 나를 덜 사랑하는 너에게 원망만 쌓여갔다. 늘 그랬듯, 사랑을 갈구하는 마음 상태는 지속되었다. 하지만 사랑받지 못하자 주지 않게 되었고, 주지 않게 되는 나의 마음을 너는 '이기적'이라고 탓했던 것 같다. 그리고 나는 너를 영화 〈500일의 썸머〉에 나오는 표현처럼, 'bitch'라고 생각했을 것이다. 그렇게 붕괴됐다.

영화 〈500일의 썸머〉에서 톰(조셉 고든 레빗 분)은 새 회사 동료 썸머(주이 디샤넬 분)에게 대책 없이 빠져든다. 썸머도 톰에게 관심을 보이고, 잠자리까지 갖지만 커플은 아닌 애매한 관계를 유지한다. 그 줄타기 속에 애간장이 타는 입장은 톰. 사귀는 것인지 아닌지, 채근하고 화도 낸다. 하지만 그럼에도 자신에게 끊임없이 관심을 갖는 썸머와 그 관계를 유지한다. 일단 썸머의 눈빛이 반짝반짝하고, 자신도 심장이 두근거리니까.

그러나 300일이 지나며, 톰은 썸머에게 염증을 느낀다. 사랑스러웠던 모습들이 사악하게 보인다. 썸머의 눈빛이 예전처럼 느껴지지 않을뿐더러 비틀즈의 링고 스타를 좋아하는 그녀의 취향도 이해하지 못했다. 톰이 가장 짜증났던 지점은 썸머가 두 사람의 관계를 커플로 규정해주지 않았던 데 있다. 톰은 애매한 관계가 아니라, 당연히 썸머가 '자신의 썸머'이길 원했을 것이다. 그러나 썸머는 독립적이고 개인적인 자신으로서, 그러니까 누구의 소유도 아닌 자신을 지키고 싶어 했다.

남성 대개는 "자신을 지키고 싶어 한다니, 이게 무슨 개소리냐?" 하는 불평을 남기기도 하겠지만, 대부분의 여성은 썸머의 행동을 이해할 수 있을 것이다. '누군가의 여자 친구'가 되는 일이 얼마나 많은 제약을 낳는지 알기 때문이다. 그런데 그러한 제약이 있음에도 누군가의 여자가 되는 일을 선택할 때가 있다. 상대방이 비로소 '있는 그대로의 내 모습'을 사랑해줄 때이다.

비틀즈 멤버 중 아무도 좋아하지 않는 링고 스타를 좋아하는 썸머의 취향을 이해해주고, 발목에 작은 나비 문신을 하고 싶다는 썸머의 말에 "NO"라고 바로 외치는 대신 왜 하고 싶은지 물어봐주고, "PENIS!"라고 외치는 장난을 남의 결혼식에서도 썸머와 함께해주었다면 어땠을까. 그렇게 나를 사랑해주는 썸머의 모습이 아니라, '있는 그대로의 썸머의 모습'까지 사랑했다면 어땠을까. 취향, 의견, 장난 등이 뒤섞인 있는 그대로의 썸머에 'NO'로 일관하는 소년이 아니라, 사랑의 성장통을 겪어보았던 톰이었다면 영화 결말은 달라졌을 것이다.

그래. 톰이 그렇게 철이 든 남자였다면 썸머가 하는 말들을 모두 기억했으리라. "대부분의 결혼은 이혼으로 끝나요. 우리 부모님처럼요. 사랑 같은 건 존재하지 않아요. 환상일 뿐이에요"라는 시니컬한 썸머의 말. 이혼하는 자신의 부모님을 보고, '사랑'이라는 관념적인 단어가 와 닿았을 리 없을 썸머에게 톰이 사랑이란 환상이되, 노력으로 현상

할 수 있는 사진 같은 것이라고 토닥이며 증명했다면 얼마나 좋았을까.

  그랬다. 돌아보면 대부분의 사랑에 후회가 남았다. 주고도 더 모자
람이 없나 돌아봐야 하는 것이었구나, 하는 후회들……. 그저 나르시
시즘에 빠져 사랑만 갈구하는 그런 모습, 얼마나 어렸던가! 사람은 쉽
게 철들지 않는다. 그래서 사랑을 알 때까지 자라고 싶다. 그래야 썸
머가 가고, 가을이 올 테니까.

Chapter 13
이별, 다정한 이별은 없다

발이 녹는 곳,
무릎이 없어지고
영원히
일어나고 싶지 않은 장소.

그곳이 바로
이별했던 장소일 것입니다.

함께 희미해져버리는 우리.
안녕, 하고 말하는 순간
투명해지는 한쪽 귀.

모든 것이 사라지고
모든 것을 무너뜨려야 하는 이별.

결코 다정한 이별이란
존재할 수 없습니다.

한결같이 다정한 사람도
이별 앞에서는
무정한 행동을 하게 됩니다.

이제 이별 후
차마 하기 힘든 일,
그 잔인한 일들을
이야기해보아요.

#1. 흔적을 비우는 일

함께 찍었던 사진들,
밤새 나눴던 대화들의 흔적을
비우는 일은 고통스럽습니다.

한없이 다정했던 말들,
영원할 것 같았던 약속들,
진실이었던 흔적들을 '삭제'하고
비로소 외로워짐을 깨닫습니다.

가장 의미 있던 시간들이
가장 무의미한 시간이었던 것 같아
자괴감에 빠지기도 합니다.

그래도 차마
'이 흔적'만큼은
지우고 싶지 않아 남겨둡니다.

흔적을 비운다고 해서,
마음이 비워지지 않음을

잘 알기 때문입니다.

그 흔적만큼 지우면
다시 만날 1퍼센트의 가능성마저
사라지는 것 같아 망설입니다.

#2. 표정을 감추는 일

아무렇지 않은 표정으로
학업을 이어가야 하는 일,
직장에서 웃으며 인사해야 하는 일.

평범한 일상처럼
함께 걷던 길을 걸어야 하는 일,
즐겨 가던 식당을 지나쳐 가는 일.

가면을 쓴 것 같아
불편합니다.

괜찮으냐는 친구들의 질문에
'괜찮지 않음'을 들킨 것 같아
괜스레 난감해지기도 합니다.

풍선을 놓쳐버린 아이처럼
멍하니 하늘을 바라보며
그 사람을 생각하기도 합니다.

표정은 감춰도
마음은 감출 수 없기 때문입니다.

#3. 약속을 지우는 일

- -

연애가 '순간'에 있다면
사랑은 '영원'에 있는 것 같습니다.

그래서 연애가 아니라
사랑을 하면 약속을 합니다.

커플링으로 서로의 존재를 각인하고,
기념일로 우리의 존재를 기뻐합니다.

하지만 이별은,
이별은 잔인하기에
그 약속을 지킬 수 없게 합니다.

우리가 특별한 날
미래를 약속하고 끼워주던 반지,
그 반지는 짝을 잃게 됩니다.

기념일은 일상이 됩니다.
달력에 적혀 있는
미리 기다리던 1000일을 볼 때,
당신의 생일이 다가올 때,
가슴은 찢어집니다.

#4. 습관을 없애는 일

아침마다 날 깨웠던 톡,
지친 퇴근길의 안부 전화,
스마트폰 배터리 방전 알람을
울리게 했던 저녁의 수다.

길을 걸을 때
당신은 왼편에 서고 싶어 했고
나의 왼손을 깍지를 낀 채 잡았습니다.
심지어 우리는 포옹도 키스도
그 방향과 위치가 모두 익숙했습니다.

모든 게 습관처럼 되어 있기에
그 습관을 없앤다는 것은
불가능할 것 같습니다.

세 살 버릇 여든까지 간다는 속담,
여든이 되면 잊을 수 있을까요?

당신이 내 습관인데

어떻게 당신을 잊을 수 있을지
너무나 잔인한 일에 지쳐서
눈물,
결국 눈물짓게 됩니다.

괜찮아요,
작은 목소리는 더 작은 목소리가 되어
우리는 함께 희미해집니다!

고마워요,
그 둥근 입술과 함께 작별 인사를 위해
무늬를 만들었던 몇 가지의 손짓……
안녕,
말하는 순간부터 투명해지는 한쪽 귀…….

괜찮지 않아서 괜찮아요, 라고……
고맙지 않아서 고마워요, 라고……
말한 걸 알았다면
다시 돌아갈 수 있을까요?

다정한 이별은 없습니다.
이별은 무정할 뿐입니다.

당신이 여전히
그 사람에게 다정하다면
지루했던 연습은 그만하고 싶다, 라고
다시 시작하자, 라고
말할 수 있어야 합니다.

그것이
사랑이기 때문입니다.

그리움의 위치, 그리움의 종점

그리움의 위치는 어디일까? 보통 누군가가 그리우면 가슴이 아리다고 한다. 가슴이 아프다는 말이 관용구가 된 것을 단순하게 생각하면 그리움의 위치는 가슴일 것이다. 게다가 사무치는 위치도 가슴이다. 그리움이 '가슴'에 사무친다는 표현처럼……. 그래놓고 보니 가슴은 심장이랑 가깝다. 누군가를 간절하게 그리워하면 심장이 멈춘 것 같으므로 그리움의 위치는 가슴이 적절하다.

'흉중생진(胸中生塵)', 가슴에 먼지가 생긴다는 사자성어. 어떤 사람을 잊지 않고 오래 생각하면서 만나지 못함을 일컫는 말인데, 이렇게 보면 그리움의 위치는 단연코 가슴일 것만 같다. 그리고 다시 묻는 장소도 가슴이다. '가슴에 묻는다'고 하므로 아무럼 그리움의 위치가 있다면 가슴일 것이다.

그러나 그리움의 속성은 가슴이 아니라, 간과 닮아 있다. 간은 소리 없는 장기로 불린다. 간염, 간경화, 그리고 간암까지 이어질 때 간은 묵묵히 견뎌간다. 썩어가는 것을 알면서도 마치 아무렇지 않다는 듯이……. 유치환 시인은 '깃발'에서 깃발의 모습을 '소리 없는 아우성'으로 표현했다. 간이 그렇고, 그리움이 그렇다. 바다를 향해 소리 없는 소리를 질러대고 있는 깃발의 펄럭임 같은 일!

다만 깃발이 향하는 위치와 다른 점은 이상향이 아니라, 사랑했던 사람이란 점. 아, 이 문장도 틀렸다. 사랑했던 사람도 '이상향'이다. 닿지 않는, 끝내 닿을 수 없는 이상향의 속성과 그리움의 속성은 너무나 같으니까. 속절없이 무너져본 적이 있는 사람은 안다. 그리움의 속성이 얼마나 모순적인지 말이다. 펄럭이는 깃발처럼 그 사람을 향해 있지만, 막상 만난다는 것이 얼마나 큰 두려움인지 알고 있다.

지나간 것은 모두 그리워진다고 하지만, 그리움을 느끼고 있다는 사실은 여전히 지나간 것이 아님을 방증하지 않는가. 차라리 그리워하자. 그것이 간이든 가슴이든, 그리움의 위치가 닳아질 때까지 그리워하자.

Chapter 14
당신은 얼마나 사랑하는가, 강자와 약자

부의 불균형이
복잡한 사회 문제를
만들어내듯
사랑에서도 양극화는
지독한 상처를
남깁니다.

위태롭지 않을
당신의 연애를 위하여,
사랑의 불균형에 대해
생각해보아요.

#1. 일반적인 권력 혹은 주도권

- -

세 명 이상이 모이면
반드시
권력관계가 형성됩니다.

세 명 중
한 명 그 누구를 지지해도
주도권을 쥘 수 있는
리더가 되기 때문입니다.

한 명의 리더는
두 명을 이끌어가는
권력을 쥐게 됩니다.

반면,
보통 두 명만 있을 경우에는
다수결 원리가 작동하지 않으므로
동등하다고 볼 수 있습니다.

한 사람이
독단적으로 행동한다면
다른 한 사람은
따르지 않으면
그만이기 때문입니다.

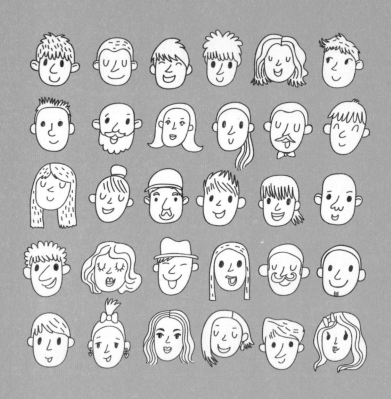

#2. 강자와 약자

하지만……
두 명만 있는 경우에도

한 사람이 한 사람을
'사랑'하기 시작했다면
이야기는 달라집니다.

사랑의 시작은
공평했을지 몰라도
마음은 똑같은 크기로
자라지 않기 때문입니다.

더 사랑하는 사람이 있고
덜 사랑하는 사람이 생기고,
이것은 저울이 수평을
이루지 못하게 합니다.

사랑은
결과적으로 1:1의 동등한 상황에서도

권력의 불균형을 만들고
누군가에게 주도권을 쥐어줍니다.

혼히 우리는
이러한 불균형을 표현할 때
덜 사랑하는 사람은 강자,
더 사랑하는 사람은
약자라고 부릅니다.

모든 연인관계는
권력관계에 놓이게 마련입니다.

어느 약자는
강자에게 힘을 얻고
어느 강자는
약자를 위해 힘을 유지합니다.
하지만 모든 연인이
그처럼 건강하게 관계를
유지해나가지는 않습니다.

약자들은 흔한 실수를 저지르고,
강자들은 함정에 빠져
관계를 그르치곤 하지요.

#3. 약자의 흔한 실수
- -

약자는 흔한 실수를 합니다.

상대방의 모든 모습이 좋다고
나의 주장을 굽히기 시작합니다.

무조건 수용하는 것입니다.
단점을 감싸주는 것과
나의 주장을 굽히는 것은 다른 문제입니다.

예를 들어,
상대방이 시간 약속을
지키지 않는다고 가정해봅시다.

시간 약속을 지키지 않는 것을
이해해주고 용서해줄 수는 있지만
"늦지 않았으면 좋겠다"는 말까지
하지 못하기 시작한다면
실수를 하는 것입니다.

나의 감정을 표출하지 않기 시작하면서,
강자는 자신의 잘못임에도
용서받는다 생각하지 못하고
당연한 권리로 인식하기 시작합니다.

그때부터 비극이 시작됩니다.
약자는 입을 닫기 시작하고
무조건적인 수용을 하게 되는 것이죠.

무조건적인 수용 이면에는
강자가 자신의 사랑을 알아주게 되기를,
스스로 잘못을 깨우치고 변하기를
바라는 마음이 내재되어 있습니다.

이것이 대표적인 흔한 실수입니다.

"내가 얼마나 소중한 사람인지 아냐?"고
따질 수 있어야 하고,
그 소중한 사람이라는 걸 증명하기 위해
떠날 줄도 알아야 하지만
그러한 선택을 할 수 없게 됩니다.

약자의 순애보에
강자는 점차 '무례한 괴물'로 변하기도 합니다.
자신이 만든 괴물의 모습에
약자는 강자의 모습에 지쳐 원망하게 됩니다.

이것이 바로
약자의 흔한 실수입니다.

#4. 강자의 뻔한 함정

잠깐
원숭이와 오소리의 우화를 살펴봅시다.

어느 날 오소리가 원숭이 골에
찾아와 꽃신을 줍니다.
원숭이는 처음에는 불편했지만
꽃신을 신게 되면서 점차
편안함을 느낍니다.

신발이 해질 때마다
오소리는 원숭이에게 꽃신을 주었고
원숭이는 이제 꽃신 없이는 걷기 어려워집니다.

이때부터 오소리는
원숭이에게 잣 20개를 내라고 요구합니다.
원숭이는 하는 수 없이 잣을 구해 옵니다.

이후, 겨울에는 잣 100개를 요구하고
더 이상 원숭이는 구할 수 없다고 하자

1년 동안 꽃신을 줄 테니
500개를 나중에 갚으라고 합니다.

꽃신 없이는 걷기가 힘들어진
원숭이는 그 제안을 수락하고
오소리에게 종속되고 맙니다.

강자는 자신을 더 배려해주는
약자와의 만남에
편안함을 느끼며 익숙해집니다.

마치 원숭이가 오소리의 꽃신에
익숙해지는 것처럼 말이죠.

아이러니하게도
약자는 약한 사람이 아닙니다.
강자를 만드는 위치에 있기 때문입니다.

마찬가지로
강자는 강한 사람이 아닙니다.
약자가 사라지면
더 허약해질 뿐입니다.

하지만 강자는 이를 모르고
오만해지기도 하고,
약자를 소중히 여기지 못하기도 하지요.

상처받은 약자는
이별을 선택하기도 합니다.

그제야 강자는 자신이
약자 때문에 강할 수 있었음을
처절히 깨닫습니다.

이것이 바로
강자의 뻔한 함정입니다.

얼마나 사랑하고 있든
얼마나 사랑받고 있든
중요하지 않습니다.

사랑에서는
영원한 약자도
영원한 강자도 없기 때문입니다.

그 언젠가
약자가 강자가 되고
강자가 약자가 되는 것은
지극히 당연한 원리입니다.

당신은 얼마나 사랑하고 있나요?

약자라면 실수를 조심하고
강자라면 함정을 조심하고,
그렇게 한다면
사랑의 불균형을 조금은
해소할 수 있을 겁니다.

우리 모두
그런 평범한 지혜를 가졌으면 합니다.

Love Column
청혼의 의미

언젠가 친하게 지내던 그녀가 말했다.

"나는 프로즈를 레스토랑 같은 곳에서 촛불 켜고, 반지 꺼내는 걸 보면서 받고 싶지 않아. 절대로! 너무 오그라들어. 예전에 사귀던 애한테 말했어. 그냥 딱 한 번만 무릎 꿇으라고. 길을 가는 도중이든, 밥을 먹고 있는 중이든, 아니면 신호를 기다리는 건널목에서든, 그냥 일상에서 프로즈를 해달라고."

무언(無言)으로, 하지만 온몸으로 공감했다. 그동안 프로즈에 대한 개념이 먹먹하게 꽉 막혀 있었다. 그런데 그녀의 말에 귓속에 들어간 물이 빠져나갈 때처럼 따뜻하게 선명해졌다. 일상에서 하고 싶다는 생각이 들었다. 그리고 그것을 받아줄 사람이야말로 평생을 함께해도 후회하지 않겠다고 생각했다. 그동안의 프로즈는 두말할 것 없이 음악, 선물, 이벤트 등으로 범벅이 되어 있어야만 할 것처럼 왜곡되었다. 사실, 이처럼 특별하게 왜곡된 장면은 결혼에 대한 환상으로까지 이어질 수밖에 없음에도 불구하고……

프로즈(propose)란 그 의미 그대로 해석하면 '청혼' 아닌가. 결혼을 청하는 일은 지극히 요란하기보다는 지극히 평범해야 의미가 있을 것이다. 결혼이라는 특별한 순간을 위함이 아니라, 평범한 일상을 공유하기 위한 것이기 때문이다. 지겨울 정도의 하루하루를 견뎌야 하는 일이다. 서른 살을 기준으로 약 10,950일을 살아왔다면, 앞으로 그보다 더 많은 나날 어쩌면 20,000일가량을 한 사람과 살아야 한다. 그야말로 한 사람만 보고 살아가는 일은·판에 박힌 일상 중의 일상이 될 것이다.

그래서 반지도, 음악도, 깜짝 이벤트도, 결혼을 위한 통과의례가 될 수 없다. 그저 결혼에 대한 환상만 포장할 뿐이다. 결혼 이후의 삶에 대해 실망하는 사람들이 많은 이유는 '환상'이라는 껍데기가 '일상'이라는 알맹이를 가리고 있기 때문일 것이다. 그래서 행복만 주겠다는 노을의 '청혼'이라는 노래보다 신해철의 '일상으로의 초대'가 청혼곡으로 더 좋다. 매일 똑같은 일상이지만 함께함으로써 달라질 수 있고, 지친 몸을 서로 기대는 꿈을 꾸게 하니까.

값비싼 웨딩드레스보다 즐겨 입던 흰색 원피스, 깔끔하게 맞춘 턱시도보다 첫 만남에서 입었던 일상복을 입고 결혼식을 한다면 어떨까? 결혼식장이 아니라, 함께 자주 가던 카페를 빌려 조촐하게 식을 하는 것은 어떨까? 일상을 담아낸 결혼식이 오히려 특별하고, 오랫동안 기억에 남지 않을까? 복사하여 판에 박힌 청혼도, 결혼식도 우리에겐 거부할 권리가 있다. 특히, 그것이 단 한 번의 결혼을 청하는 일이고, 결혼을 선포하는 일이라면 더더욱!

연애 실전 보고서

초판 1쇄 인쇄 | 2017년 9월 4일
초판 1쇄 발행 | 2017년 9월 11일

지은이 | 심이준
펴낸이 | 김의수
펴낸곳 | 레몬북스(제396-2011-000158호)
전   화 | 070-8886-8767
팩   스 | (031) 955-1580
이메일 | kus7777@hanmail.net
주   소 | (10881) 경기도 파주시 문발로115 세종출판벤처타운 404호
편   집 | 미토스
기   획 | 남현숙
디자인 | 디자인파코

ISBN 979-11-85257-56-3 (03810)

이 도서의 국립중앙도서관 출판예정도서목록(CIP)은 서지정보유통지원시스템 홈페이지
(http://seoji.nl.go.kr)와 국가자료공동목록시스템(http://www.nl.go.kr/kolisnet)에서 이
용하실 수 있습니다.(CIP제어번호 : CIP2017019570)